Holly Watson

Die Sherlock Holmes Academy
Mission Meisterdetektiv

Holly Watson

Die Sherlock Holmes Academy

Mission Meisterdetektiv

Ravensburger Buchverlag

Zeichenerklärung:

•	Punkt
••	zwei Punkte, schnell hintereinander
→	hierhin tippen, streichen, klopfen
↓	kurzer oder langer Strich in Pfeilrichtung
⁘	mit vier Fingern gleichzeitig
〰	leichtes Trommeln
↻	Kreis zeichnen
⬭	leichtes Zusammendrücken

Das Lorm-Alphabet

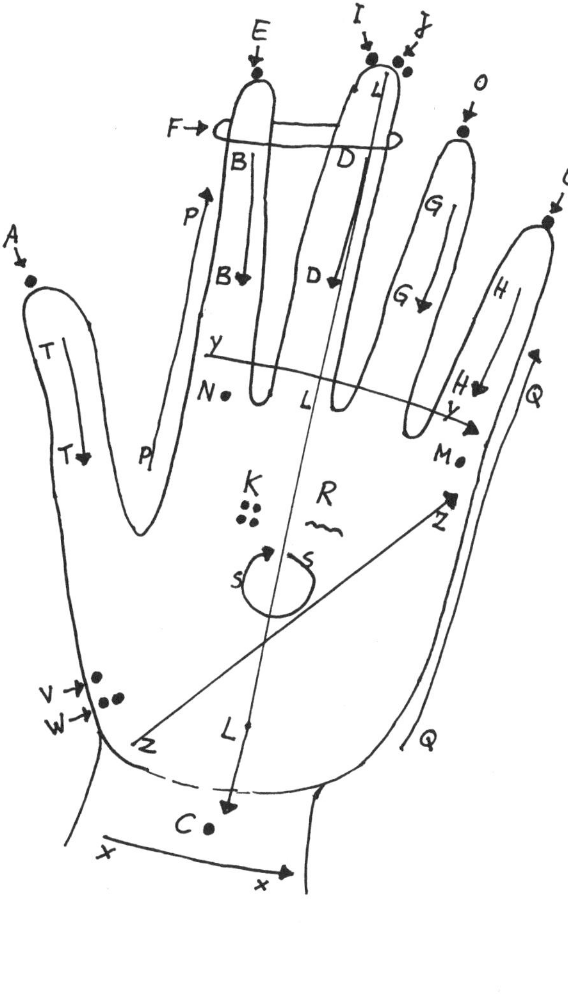

Sherlock
1 Schulgebäude
2 Mädchentrakt
3 Westturm mit Uhr
4 Trudys Zimmer
5 Geheimgang im Kleiders
6 Hauptflügel West
7 Hauptportal
8 Hauptflügel Ost
9 Funkturm mit Paternost
10 Jungstrakt
11 Sherlock-Holmes-Bibliot
12 Spürhunde-Schule u. Fal
Schul-
Gebäude
Neben-
gebäude
West
Westturm
zur Küche
Hauptflügel West

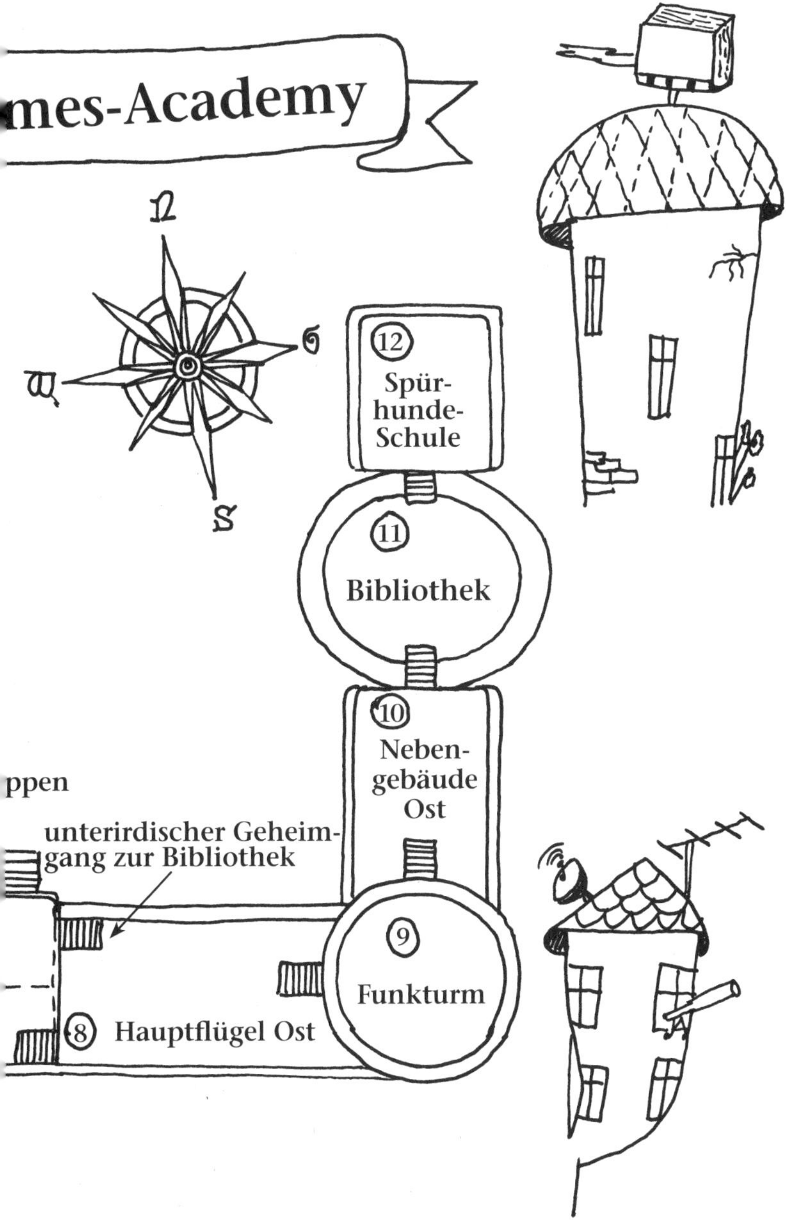
mes-Academy
N
O
W
S
12
Spür-
hunde-
Schule
11
Bibliothek
10
Neben-
gebäude
Ost
ppen
unterirdischer Geheim-
gang zur Bibliothek
9
Funkturm
8
Hauptflügel Ost

Als Ravensburger Taschenbuch
Band 52547
erschienen 2015

MIX
Aus verantwortungs-
vollen Quellen
FSC® C114500

1 2 3 4 D C B A

Ungekürzte Lizenzausgabe
mit freundlicher Genehmigung der Thienemann-Esslinger Verlag GmbH, Stuttgart

Gesamtausstattung: Nadine Jessler
Einbandillustration: Franziska Harvey
Illustrationen Karten: Holly Watson

Ravensburger Buchverlag Otto Maier GmbH
Postfach 18 60, 88188 Ravensburg
Printed in Germany
ISBN 978-3-473-52547-8

www.ravensburger.de

Geheimniskrämerei

»Meine Damen und Herren. Wir erreichen in wenigen Minuten Mistyfields und verabschieden uns von unseren Fahrgästen, die dort aus- oder umsteigen werden.« Es knackte noch zweimal in den Lautsprechern und Trudy hätte schwören können, dass der Zugführer ein leises »Zum Glück« geseufzt hatte. Doch das war reine Spekulation, denn verstehen konnte man bei dem Lärm im Regionalzug noch nicht einmal sein eigenes Wort. Überhaupt war erstaunlich, dass der Zug sich bei dem Geschubse auf den Gängen so mühelos durchs Wollmoor schlängeln konnte, drohte er doch wegen starker Überfüllung aus allen Nähten zu platzen.

Trudy stand auf, stopfte »Ursprung der Kriminalistik«, das Buch, das sie erst heute von ihrem Vater geschenkt bekommen und in dem sie die ganze Zugfahrt gelesen hatte, in ihre Umhängetasche. Sie zerrte an ihrem Koffer, um ihn aus der Gepäckablage zu ziehen. Es war unmöglich, dabei nicht mindestens drei Leuten auf die Füße zu treten.

»Aua!«, schimpfte ein Mädchen mit rötlichen Haaren und mehr Sommersprossen im Gesicht, als der Himmel Sterne hatte. »Kannst du nicht aufpassen?« Zornig blickte sie Trudy an.

»Tut mir leid.« Trudy sah mit nervösem Blick an dem Mädchen vorbei, denn sie musste feststellen, dass bei diesen Menschenmassen ihr selbst eine halbe Stunde für den Weg bis zur Zugtür nicht reichen würde. Und draußen flogen schon die ersten Häuser von Mistyfields vorbei.

»Entschuldigung, aber darf ich bitte mal durch? Ich muss hier aussteigen!«, brüllte Trudy, so laut sie konnte, den Gang entlang. Es wirkte. Ein, zwei Sekunden herrschte Totenstille – bis auf das Rattern der metallenen Zugräder auf den Schienen, das immer langsamer wurde. Unzählige Köpfe drehten sich zu Trudy um. Irgendjemand begann leise zu kichern und plötzlich erzitterte der ganze Waggon unter einem erdbebenartigen Lachen.

Schon bremste der Zug seine Fahrt ab.

Trudy versuchte sich an dem rothaarigen Mädchen vorbeizuquetschen, das sie rabiat zurückschubste.

»Kannst du nicht warten, bis du an der Reihe bist? Was denkst du, wo wir alle aussteigen, hä?«, blaffte das Mädchen Trudy an und zeigte auf die vielen Jungen und Mädchen, die ebenso wie sie mit schwerem

Gepäck beladen sich auf dem Gang Richtung Tür drängelten.

»Etwa auch in Mistyfields?«, fragte Trudy ungläubig. Sie war in diesem nun zu Ende gehenden Schuljahr schon oft mit dem Regionalzug MI-517 gefahren. Immer dann, wenn sie ein Wochenende zu Hause bei ihren Eltern verbracht hatte und sonntagabends zurück zur Sherlock-Holmes-Academy fuhr. Manchmal hatte sie ein ganzes Zugabteil für sich allein gehabt, denn viele ihrer Mitschüler kamen von so weit her, dass sie lediglich die Ferien zu Hause verbrachten. »Was treibt die denn alle hier ins Wollmoor?«, fragte Trudy sich leise, aber laut genug, dass das Mädchen es hörte.

»Du glaubst wohl, du bist die Einzige, die eine Einladung zum Turnier bekommen hat?«, zischte die Rothaarige gehässig und schwankte bedrohlich zur Seite, denn der Zug bremste nun abrupt ab.

»Ein Turnier?« Trudy sah das Mädchen interessiert an und überlegte, in welcher Sportart sie wohl antreten würde. Karate vielleicht. Oder Zehnkampf?

»Das hab ich geahnt«, schnaufte die Sportlerin, als hätte sie einen Marathon hinter sich.

Der Zug stoppte mit einem langen Quietschen im Bahnhof von Mistyfields. Die Zugtüren öffneten sich und spuckten nach und nach die vielen Schüler aufs Gleis.

»Was meinst du?«, fragte Trudy und wuchtete ihren Koffer den Gang entlang, immer dem Mädchen folgend. Es drehte sich kurz grinsend um, sagte aber nichts, und das machte Trudy zornig.

»Hey, antworte! Was hast du geahnt?«, brüllte Trudy der Rothaarigen hinterher, die soeben vor ihr ausgestiegen war. Ein feuchter, kühler Aprilwind fegte durch Trudys langes schwarzes Haar, als sie sich weit aus der Zugtür hinauslehnte, um das Mädchen bloß nicht aus den Augen zu verlieren.

»Dass du arme Vogelscheuche gar nicht zum Turnier der Jungspione eingeladen bist. Wer so dumm fragt, dem kann ja kein Detektivblut durch die Adern fließen!«, rief die Rothaarige ihr zu, bevor sie im Schülerstrom Richtung Ausgang abtauchte.

Wohl zum ersten Mal in ihrem Leben klemmte Trudy sich nicht das lange schwarze Haar stramm hinter die Ohren. Sie schüttelte es wie einen Vorhang vors Gesicht, damit all die neugierig gaffenden Schüler nicht sahen, dass sie knallrot geworden war. Die Gedanken schlugen Purzelbaum in ihrem Kopf. Natürlich ärgerte sie sich mächtig über dieses unverschämte Mädchen.

Viel mehr als das beschäftigte sie jedoch ein anderer Gedanke. »Turnier der Jungspione« hatte das Mädchen gesagt. Trudy war sich sicher, dass sie sich nicht verhört hatte. Aber wie konnte es denn sein, dass hier im schottischen Hochmoor ein Turnier für Jungspione ausgetragen wurde und sie selbst, Trudy Taff, Schülerin der ehrwürdigen Sherlock-Holmes-Academy, nichts von diesem Turnier wusste?

»Trudy!«, rief eine ihr vertraute Stimme, und Trudy sah sich suchend um. »Huhu. Hier, Trudy, hier bin ich!«

Endlich entdeckte Trudy sie. Tante Rita. Da stand sie in ihrer ganzen Pracht. Ihr Erscheinen war immer wieder eine Überraschung. Heute trug Trudys Tante einen weiten lindgrünen, flatternden Trenchcoat, unter dem sie Boss vor dem Regen schützte. Dass sie Boss dabeihatte, konnte Trudy nur an der Schnauze erkennen, die der Jack Russell Terrier vorwitzig in die muffige Bahnhofsluft herausstreckte. Boss, der eigentlich »Bosco von der Bogenhütte« hieß, zappelte nun aufgeregt in Tante Ritas Arm, denn er hatte Trudy bemerkt.

»Pssst, Bosco, pssst …«, machte Tante Rita und zog den Mantel über Boss' Gesicht. Dann eilte sie auf

Trudy zu, wobei ihr mächtiger Strohhut beinahe davongeflogen wäre.

Trudy grinste beim Anblick ihrer Tante. Obwohl Tante Rita eine ausgebildete Detektivin war, verstand sie nicht allzu viel von Tarnung. Ihr Auftreten war jedenfalls immer mehr als auffällig.

Es knirschte und quietschte laut in den Bahnhofslautsprechern. Eine Frauenstimme, die in etwa so klang, als hätte die dazugehörige Dame gerade eine traurige Schnulze im Fernsehen angesehen, verkündete: »Achtung auf Gleis 4! Ihre weiteren Reisemöglichkeiten: Sie haben Anschluss mit dem Linienbus 13 nach Cranesbill. Abfahrt am Busbahnhof, Bussteig 7a.«

»Was ist denn heute hier los?« Tante Rita sah sich um und betrachtete erstaunt die vielen Schüler, die nach der Lautsprecherdurchsage über das Gleis 4 Richtung Ausgang stürmten.

»Die wollen alle zu irgendeinem Turnier der Jungspione«, seufzte Trudy betont beiläufig und zog ihren Koffer umständlich hinter sich her. Aber sie war kein bisschen abgelenkt. Mit Argusaugen wartete sie auf Tante Ritas Reaktion.

»Sag das noch mal!« Tante Rita blieb wie vom Donner gerührt stehen.

»Die wollen alle zu irgendeinem Turnier der Jungspione«, wiederholte Trudy brav und hievte ihren Koffer auf die Rolltreppe.

»Und wo genau soll dieses Turnier stattfinden?«, fragte Tante Rita interessiert und sah dem Schülerstrom hinterher, der sich zum Busbahnhof bewegte.

»Demnach zu urteilen …«, Trudy deutete auf all die ihr unbekannten Schüler, »… wird es wohl bei uns in Cranesbill stattfinden.«

»Und wieso weiß ich dann nichts davon?«, blaffte Tante Rita einen ihr fremden Schüler an, der hinter ihr auf der Rolltreppe stand.

»Hä?«, machte dieser nur und sah Tante Rita an, als hätte sie nicht mehr alle Tassen im Schrank.

»Das frag mich mal!«, entrüstete sich auch Trudy. Wie konnte es sein, dass der Bahnhof von Mistyfields vor lauter Jungspionen aus allen Nähten platzte und sie davon nicht ein Sterbenswörtchen gehört hatten.

»Du«, sprach Tante Rita den Jungen mit dem blonden Strubbelhaar hinter sich ein zweites Mal an, »willst du auch zu diesem Turnier der Jungspione?«

»Gibt es heute überhaupt irgendjemanden, der nicht dorthin will?«, gab der Junge patzig zurück.

Trudy und Tante Rita sahen sich erschrocken an. So lange, dass sie das Ende der Rolltreppe verpassten und über Trudys Koffer stolperten.

Der blonde Junge wich ihnen geschickt aus, obwohl er gerade in eine Landkarte vertieft war.

Tante Rita linste ihm neugierig über die Schulter. »Aber das ist ja unser Wollmoor!«, rief sie erstaunt.

»Echt?«, fragte der Junge interessiert. »Dann können Sie mir sicher sagen, wie ich zur Sherlock-Holmes-Academy komme?«

Trudy und Tante Rita klappte zeitgleich die Kinnlade hinunter.

Das wurde ja immer schöner!

»Ich mache dir einen Vorschlag«, verkündete Tante Rita, nachdem sie sich wieder gefangen hatte. »Wir nehmen dich dorthin mit und du erzählst uns unterwegs von dem Turnier.«

Prima Idee, fand Trudy und lächelte den fremden Jungen vorsichtshalber ein wenig an. Warum auch immer sie nichts von diesem Turnier wusste, sie war schrecklich neugierig und wollte unbedingt mehr darüber erfahren.

Der Junge stopfte die Karte zurück in seine Tasche und blitzte Tante Rita böse zwischen zusammengekniffenen Augen an. »Zum Glück wurde ich vorgewarnt«, meinte er und zog den Reißverschluss seiner Tasche energisch zu. »Hüte dich vor den Tricks der Schotten.« Mit diesen Worten stapfte er davon und ließ eine sprachlose Tante Rita zurück.

»Ja hat man so was schon gehört?«, schimpfte sie auf dem Weg zum Auto. »Pöh ... die Tricks der Schotten. Als ob wir ihn aushorchen wollten.«

Trudy grinste, denn genau das hatte Tante Rita eigentlich vorgehabt.

Sie mussten eine Weile suchen, bis sie den kleinen dunkelgrünen Mini in einer Parkbucht wiederfanden. Und dann dauerte es noch einmal fast zehn Minuten, um all die Busse, die aus dem Busbahnhof in Richtung Cranesbill fuhren, vorbeizulassen.

»Das wird ja immer mysteriöser«, meinte Trudys Tante, als sie sich in den Verkehr einfädelten und hinter den Bussen voller Schüler auf die Landstraße abbogen.

Der Mini war wendig und Tante Rita mutig genug, um Bus für Bus zu überholen und schon vor den Toren Mistyfields die Parade ins Wollmoor anzuführen. Sie sausten so schnell um die Kurven, dass Trudy sich erschrocken im Sitz festkrallte.

Es war ein Apriltag im Wollmoor, der schöner nicht hätte sein können. Riesige Schafherden zogen über die Weiden und die eilig davonfliegenden Regenwolken warfen ihre wandernden Schatten auf die Hügel des schottischen Hochlandes. Die Gräben rund um die Moorwiesen schimmerten schwarz und schlängelten sich wie glänzende geschmeidige Höllennattern durch die Sümpfe.

Als sie auf der Landstraße kurz vor Cranesbill nach links abbogen, tippte Tante Rita mit dem Zeigefinger an ihre Scheibe.

»Guck dir das an!«, rief sie plötzlich überrascht und sah ungläubig zum Fenster hinaus. Trudy versuchte, an ihrer Tante vorbeizuspähen, um zu sehen, was diese ins Schwärmen geraten ließ, aber das war so gut wie unmöglich.

Tante Rita trug ja noch immer ihren riesigen Strohhut, der die Aussicht auf die Sherlock-Holmes-Academy verdeckte.

Aber Trudy musste die Academy gar nicht sehen, sie kannte den Anblick ganz genau. Die Sherlock-Holmes-Academy war in einem riesigen Landschloss im schottischen Hochmoor untergebracht.

Von vorne hatte man einen prima Blick auf dieses alte und verwinkelte, riesige Herrenhaus mit Türmchen und allerlei Schnickschnack. Die Rückseite der Academy ragte über klippenartiges Gestein hinaus auf die wild tosende See. Dort gab es finstere Grotten und Wellen peitschten an stürmischen Tagen meterhoch an die Felswände. Eine lange steinerne Brücke führte in mächtigen Stelzenbögen über die sumpfigen Hochmoorwiesen bis zur Küste.

Aber all das kannte Tante Rita doch schon seit ihrer Kindheit. Seit sie selbst als elfjährige Schülerin vor mehr als dreißig Jahren hierher an die Sherlock-Holmes-Academy gekommen war. Nie hatte sie danach das schottische Hochland verlassen. Inzwischen lebte sie, nicht weit von der Sherlock-Holmes-Academy entfernt, im Moosbeerhaus. Dort hatte sie auch ihre Detektei eingerichtet und dort verbrachte Trudy die Wochenenden, wenn sie nicht zu ihren Eltern fuhr.

Was also überraschte Tante Rita so sehr, dass sie immer noch entzückt nach Luft schnappte?

Sie fuhren langsam über die Schotterpiste zur Academy, vorbei an den dreizehn Birken und noch einmal nach rechts um eine Kurve, als Trudy es endlich auch sehen konnte.

Die Sherlock-Holmes-Academy war kaum wiederzuerkennen. Neben den beiden Flaggen hoch oben auf den Türmen des Landschlosses, also der schottischen Flagge auf dem Ostturm und der Flagge mit dem Wappen der Academy auf dem Westturm, leuchteten bunte

Fahnen aus aller Herren Länder in der blassen Aprilsonne um die Wette. Das ganze Gelände rund um die Academy war geschmückt, als würde der Besuch der Königin erwartet.

»Es ist also wahr!«, schimpfte Tante Rita. »Isolde richtet in diesem Jahr das Turnier der Jungspione aus und sagt uns kein Sterbenswörtchen davon.«

Trudy aber kitzelte es in der Nase. Sie witterte Detektivluft. Jede Menge davon sogar.

Treffen im Schlosspark

Als Tante Ritas Mini rasant aufs Schlosstor zubrauste, hätten sie um ein Haar Victor umgefahren. Victor, eigentlich der Hausdiener der Sherlock-Holmes-Academy, war zum Verkehrspolizisten umfunktioniert worden und stand mit weit ausgebreiteten Armen im Tor und verweigerte jedem, der sich der Academy nähern wollte, mutig die Durchfahrt.

Tante Rita kurbelte die Fensterscheibe herab und rief: »Victor, wir sind's doch nur! Hören Sie auf mit dieser Wichtigtuerei und lassen Sie uns vorbei.«

Doch Victor schüttelte würdevoll den Kopf. »Tut mir leid, Anweisung von oben. Ich darf niemanden, und zwar ohne Ausnahme, hindurchfahren lassen.«

»Anweisung von oben?«, keifte Tante Rita, als hätte sie eine Krähe verschluckt. »Wer soll das denn sein? Victor! Wenn Sie die Schulleiterin der Sherlock-Holmes-Academy, Frau Isolde Korn, meinen, dann sprechen Sie von meiner besten Freundin. Vergessen Sie das nicht. Und nun lassen Sie mich schon durchfahren, Isolde wird nichts dagegen haben.«

»Noch einmal: Tut mir leid, gnädige Frau. Aber wie

gesagt: Die Anweisung kommt von oben. Von ganz oben.« Victor verbeugte sich in seiner bekannt formvollendeten Art vor Tante Rita, bewegte sich aber in all seiner Sturheit keinen Millimeter zur Seite.

»Was meinen Sie mit ›von ganz oben‹, Victor?«, zischte Tante Rita leise.

Victor zeigte hinter sich auf eine der im Wind tanzenden Flaggen. Sie war schwarz mit weißer Schrift und der achtzackige weiße Stern in der Mitte der Fahne trug auf der oberen Spitze eine Königskrone.

»Doch nicht etwa von Scotland Yard?«, hauchte Tante Rita, und Trudy sah sie zum ersten Mal in ihrem Leben beeindruckt.

Dieser Zustand hielt allerdings nur wenige Augenblicke an. Denn Marlene, Trudys beste Freundin in der Sherlock-Holmes-Academy, kam soeben durchs Tor geradelt und wurde ebenfalls energisch von Victor gestoppt. Das war die Gelegenheit. Tante Rita gab Vollgas und sauste mit quietschenden Reifen messerscharf an Victor vorbei in den Schlosshof.

Trudy sah im Rückspiegel Victor hilflos und verzweifelt mit den Armen wedeln und hinter ihnen hereilen. Er schrie ihnen überhaupt nicht feine Dinge nach und rannte quer über den heiligen Rasen, den er selbst stets wie seinen Augapfel hütete.

»Ich schätze, das gibt Ärger«, stellte Tante Rita fest und parkte mit einer Vollbremsung vor dem Schlossportal, sodass der Mini eine halbe Umdrehung um seine eigene Achse im Kiesbett hinlegte. Sie war schon längst ausgestiegen und die Stufen zur Academy hinaufgesprungen, als Trudy zaghaft ihre Augen wieder öffnete. Vorsichtig blinzelte sie und sah prüfend an sich hinab. Aber es schien alles in Ordnung zu sein. Sie hatten die Flucht tatsächlich unbeschadet überstanden.

»Wahnsinn«, flüsterte Trudy beeindruckt. »Du bist verrückt, Tante Rita.«

Und diese verrückte Tante Rita stapfte schnurstracks zum Büro der Schulleiterin, während Trudy auf ihr Zimmer schlich. Sie musste mit Marlene sprechen. Sofort.

Deshalb warf sie ihr Gepäck achtlos in die Ecke und öffnete den Kleiderschrank. Ihre Finger tasteten den Schrankboden nach dem metallenen Ring ab, an dem sie die Bodenklappe hochziehen konnte. Doch noch bevor sie ihn gefunden hatte, öffnete sich die Luke wie durch Geisterhand schon von selbst.

Nun, von selbst ging das natürlich nicht. Und Trudy war viel zu analytisch, als dass sie auch nur eine

Sekunde an Spuk glauben würde. Die Erklärung war so einfach wie sensationell. Es war Marlene, die von unten mit dem Kopf die Klappe hochdrückte.

Als Trudy ihre Freundin in der nun offen stehenden Luke betrachtete, überlegte sie für einen klitzekleinen Augenblick, was eigentlich zuerst da gewesen war. Die Entdeckung des Geheimgangs zwischen ihren Zimmern oder ihre Freundschaft zu Marlene. Sie konnte es beim besten Willen nicht mehr sagen. Irgendwie gehörten diese beiden Funde stets unzertrennlich zusammen.

»Ist die Luft bei dir rein?«, wisperte Marlene und streckte ihren braunen Wuschelkopf an Trudy vorbei, um einen Blick ins Zimmer zu werfen.

»Noch, aber ich schätze, nicht mehr lange«, meinte Trudy und grinste ihre Freundin verschmitzt an.

»Mensch, Trudy, das war echt filmreif. Irre, wie Tante Rita an Victor vorbeigeschossen ist.« Marlene geriet richtiggehend ins Schwärmen, während sie aus der Öffnung im Kleiderschrank kroch.

Eigentlich war es um diese Uhrzeit nicht nötig, den Geheimgang zu nutzen. So früh am Abend konnte man sich frei in der gesamten Academy bewegen. Dennoch. Wer einen solchen Geheimgang besaß, brauchte keinen Grund, um ihn immer wieder begehen zu wollen. Denn ein Hauch von Abenteuer kroch einem in die Nase, wenn man nur erst einmal auf der Strickleiter zwischen dem alten Mauerwerk hinauf- oder hinabkletterte.

»Marlene ...«, begann Trudy sogleich und wanderte vor den Fenstern ihres Turmzimmers auf und ab. Noch immer stand Victor im Schlosstor und dirigierte die ankommenden Schüler, die von ihren Eltern nach dem Wochenende zurück in die Sherlock-Holmes-Academy gebracht wurden, auf einen Ausweichparkplatz vor den Toren der Academy. »Marlene, was ist hier los? Wieso weiß ich nichts von dem Turnier der Jungspione?«

Marlene, die gerade noch den Staub von ihrer Jeans abklopfte, sah Trudy überrascht an. »Ein Turnier? Hier bei uns?«, fragte sie erstaunt und aufgeregt zugleich. »Deshalb all die Fahnen dort draußen?« Sie spähte an Trudy vorbei aus dem Fenster und schnappte nach Luft.

»Guck mal, Trudy!«, rief sie und tippte mit dem Finger hektisch gegen die Scheibe. »Die führen Tante Rita gerade ab.«

Tatsächlich! Ein paar Stockwerke tiefer wurde Trudys Tante soeben von zwei Männern in Uniform zu ihrem Wagen gebracht. Die Polizisten redeten auf

Tante Rita ein, dann stieg diese verschämt nickend in den Mini und fuhr im Schneckentempo zurück zum Schlosstor.

»Was hat das nur alles zu bedeuten?«, fragte Marlene verblüfft. »Und was sind das für Polizisten? Die hab ich hier bei uns im Wollmoor noch nie gesehen. Und glaub mir, Trudy, ich kenne sie alle – aus dem gesamten Umland bis nach Mistyfields.«

Ja, das glaubte Trudy ihrer Freundin aufs Wort. Warum auch nicht? Ihre Eltern waren schließlich Kriminalkommissare und wohnten in Cranesbill. Nicht einen Polizisten im ganzen Wollmoor würde es vermutlich geben, den Marlene nicht schon mal irgendwo getroffen hatte.

Trudy klemmte das pechschwarze Haar hinter die Ohren. »Die kommen vermutlich direkt von Scotland Yard aus London.«

»Waaas?« Marlene riss die Augen weit auf und sah Trudy prüfend an. Als sie aber kein Ich-hab-nur-einen-Scherz-gemacht-Augenzwinkern sah, fragte sie: »Aber warum, Trudy? Was tun die denn hier? Und warum ist alles geschmückt, als würde Frau Korn morgen das Bundesverdienstkreuz verliehen werden?« Marlene kicherte plötzlich, und als Trudy ihrem Blick folgte, sah sie auch warum. Tante Rita hatte soeben das Schlosstor erreicht und Victor sprang mit einem Satz ins Rosengebüsch, das sich überall am uralten Gemäuer der Sherlock-Holmes-Academy hochschlängelte. Vermutlich hatte er Angst, dass Tante Rita erneut zu solch einer halsbrecherischen Aktion imstande wäre.

Trudy und Marlene rätselten noch eine ganze Weile, was es mit diesem geheimnisvollen Turnier auf sich haben könnte. Als es Zeit fürs Abendessen war, hofften sie, dass irgendjemand von den anderen Schülern genauere Informationen zum Turnier der Jungspione haben würde. Doch bevor sie jemanden fragen konnten, fanden sie einen Zettel am Schwarzen Brett vor dem Speisesaal.

Versammlung

Sonntagabend um 20:00 Uhr auf dem Schlossplatz
Alle Schüler der Sherlock-Holmes-Academy
haben in Schuluniform zu erscheinen.

»Oh nein«, stöhnte eine Mädchenstimme hinter ihnen, und Trudy musste sich gar nicht umdrehen, um zu wissen, dass die Elfe dort stand. Kein anderes Mädchen in der Academy war so zickig wie Violetta. Violetta, die haargenau so aussah wie die kleine blond gelockte Elfe aus Trudys Lieblingskinderbuch. Nur Violettas beste Freundin Evie hatte das gleiche Oberzickenpotenzial. »Die können einem aber echt den Sonntagabend verderben. Schuluniform. Die steht mir überhaupt nicht. Wenigstens am Sonntag will ich Türkis tragen. Das passt so hinreißend gut zu meinen Augen, nicht wahr, Evie?«

Marlene schlug sich schnell die Hand vor den Mund, ansonsten hätte sie laut losgelacht.

Trudy zwinkerte ihrer besten Freundin amüsiert zu. Die beiden hatten vielleicht Sorgen!

»Nun«, meinte Evie, die Trudys amüsierten Blick aufgefangen hatte, »diejenigen, die immer herumrennen wie Vogelscheuchen, müssen sich um so was natürlich keine Gedanken machen.«

Trudy schnappte sich Marlenes Arm und zog diese hastig mit in den Speisesaal. Zum zweiten Mal innerhalb von zwei Stunden hatte jemand sie als Vogelscheuche bezeichnet. Hoffentlich gab es dafür eine gute Erklärung. Zum Beispiel, dass Evie vorhin die Szene mit dem rothaarigen Mädchen am Bahnhof beobachtet hatte. Ansonsten müsste sie sich ernsthafte Gedanken machen, wie sie ihr Vogelscheuchen-Image ablegen könnte.

Doch da Trudy keineswegs oberflächlich war und Marlene so tat, als hätte sie den Satz mit der Vogelscheuche nicht einmal gehört, vergaß sie es auch gleich wieder. Viel spannender fand sie die Frage: Was diese Versammlung wohl für einen Grund hat?

Pünktlich um acht Uhr abends fanden sie sich alle auf dem Rasen im Schlosspark ein. Bei solchen Versammlungen staunte Trudy immer, wie viele Schüler die Sherlock-Holmes-Academy besuchten. Das Gebäude war so verwinkelt und weitläufig, dass man sich tagelang aus dem Weg gehen konnte, wenn man nicht gerade in dieselbe Klasse ging.

Frau Korn, die Schulleiterin der Academy, erschien auf dem obersten Treppenabsatz des Schlossportals. Victor brachte einen kleinen Tisch. Frau Olivetti, die ihre Tage am liebsten in der Bibliothek verbrachte und vielleicht deshalb immer mit den Augen zwinkerte, wenn das Tageslicht sie traf, warf ein samtenes Tischtuch darüber. Dann kam Herr Lambus, Lehrer für Geheimsprachen. Er balancierte einen riesigen Pokal vor sich, den eine Lupe zierte, und positionierte diesen würdevoll auf dem Tisch. Victor beugte sich zum Pokal hinab, hauchte ihn hier und dort an und rieb demonstrativ Herrn Lambus' Fingerabdrücke weg.

Frau Korn rief in ein Mikrofon: »Guten Abend, liebe Schüler unserer Academy! In wenigen Minuten …«

Was in wenigen Minuten geschehen würde, ging im Motorenlärm unter. Ein riesiger Bus passierte das Schlosstor, dann folgte ein weiterer Bus und danach noch einer. Insgesamt waren es sieben an der Zahl. Sie alle hatten verschiedene Leuchtschriftanzeigen. Am ersten Bus stand »Dublin 007«, auf den folgenden konnte Trudy »Londoner-City-Spione« oder »St. Rebus« entziffern. Als sie aber las, was auf dem letzten Bus stand, kniff sie Marlene in den Arm.

»Aua, was soll denn das?«, schimpfte Marlene.

»Die von der I.O.S. kommen auch«, flüsterte Trudy ihr so leise wie möglich ins Ohr, denn das war eine Sensation.

Und was für eine!

Highlandgames

Es sprach sich herum wie ein Lauffeuer. »Guck mal, die von der I.O.S. trauen sich her.«

Und es war tatsächlich mutig. Die I.O.S. und die Sherlock-Holmes-Academy verband eine jahrzehntelange Fehde. Niemals hatte es Freundschaften zwischen den beiden Schulen gegeben. Jedenfalls nicht offiziell.

Trudy und Marlene zwinkerten sich verschwörerisch zu. Sie hatten nämlich ein Geheimnis, das sie niemals mit jemandem von der Sherlock-Holmes-Academy teilen würden: zwei Freunde in der I.O.S., Oscar und Joe. Es wusste inzwischen keiner von ihnen mehr genau, wie es zu dieser verbotenen Freundschaft gekommen war. Woran Trudy sich aber noch genau erinnerte, war, dass die beiden Jungs sie anfangs sehr genervt hatten, weil sie ihnen bei der Ermittlungsarbeit in ihrem ersten Fall immer wieder in die Quere gekommen waren. Doch wie hatte Tante Rita damals gesagt? »Manchmal ist es das Beste, eine Feindschaft in eine Freundschaft zu verwandeln.« Genau das hatten sie getan und so hielten Trudy und Marlene nun

Ausschau nach ihren heimlichen Freunden. Oscar mit dem blonden Wuschelhaar und Joe, der eigentlich Joseph hieß und pechschwarzes Kraushaar und maronenbraune Haut hatte.

Wie immer, wenn Trudy Schüler der I.O.S. sah, staunte sie. Die I.O.S. war ebenso wie die Sherlock-Holmes-Academy eine Internatsschule für angehende Detektive. Doch damit hatte es sich auch schon mit den Gemeinsamkeiten.

Unterschiedlicher konnten Schulen wohl nicht sein. Das sah man allein an der Schuluniform der Schüler, die soeben aus dem Bus stiegen. Sie trugen einen schwarzen, seidig schimmernden Overall, der hier und da mit kleinen praktischen Taschen besetzt war. Die silbernen Gürtelschnallen bildeten in schnörkeligen Buchstaben das Internatskürzel I.O.S., das für Internationale Organisation für Spione stand. Zum Outfit gehörten auch noch kniehohe weiche Stiefel und eine Sonnenbrille.

Wann immer Trudy einen Schüler der I.O.S. traf, fühlte sie sich noch mieser in ihrer eigenen Schuluniform.

Sie selbst steckte in einem karierten Faltenrock und trug ein Poloshirt mit dem Schulwappen darauf. Grässlich, einfach scheußlich. Zum Glück war inzwischen der April ins Land gekrochen, sodass sie den Dufflecoat für die Wintermonate gegen den lässigen Sommertrenchcoat austauschen durften.

»So, nun noch einmal für alle ein herzliches ›Guten Abend‹ hier im Schlosspark der Sherlock-Holmes-Academy!«, rief Isolde Korn abermals in das Mikrofon. Die ankommenden Schüler strömten herbei und Isolde Korn benötigte noch mehrere Anläufe, bis sie schließlich mit ihrer Ansprache fortfahren konnte.

»Ich begrüße euch alle zum diesjährigen Turnier der Jungspione!«

Alle klatschten laut johlend Beifall. Alle, bis auf die Schüler der Sherlock-Holmes-Academy, denn diese sahen sich erstaunt an.

»Ruhe. Ruuuhee bitte!«, schrie Frau Korn so laut ins Mikrofon, dass ein unerträgliches Pfeifen schließlich für Stille sorgte. »Ich freue mich, dass alle Schüler die zum Teil weite Anreise in unser schottisches Hochmoor unbeschadet überstanden haben. In diesem Jahr ist also die Sherlock-Holmes-Academy Austragungsort des Turniers der Jungspione. Um niemandem einen Vorteil zu verschaffen, erfahren unsere Schüler deshalb erst jetzt von dem Turnier. So begrüße ich nun: die Londoner-City-Spione …«

Die Schüler in Jeans und Kapuzenpullovern mit der Aufschrift LCS johlten und klatschten sich selbst Beifall.

»... die Schüler aus Dublin ...«

Wieder jubelten Schüler los, nur dieses Mal diejenigen, die ein schwarzes Sakko trugen mit einem kleinen, am Kragen aufgestickten »Dublin 007«.

»... die Schüler vom Internat St. Rebus ...« Isolde Korn lächelte in Richtung der Mädchen und Jungen, die zu ihren dunkelblauen Hosen weiße Hemden oder Blusen mit karierter Krawatte trugen – auch die Mädchen.

»Die haben es mindestens genauso übel getroffen wie wir«, meinte Marlene und reckte den Kopf, um sich die vielen fremden Schüler genauer anzusehen.

»... das Mädchenpensionat Marples & Christies ...«

»Oje, so viele Zicken auf einem Haufen«, stöhnte Trudy und hielt sich erschrocken die Ohren zu, als die Mädchen loskreischten. Die Schuluniform des Mädchenpensionats bestand aus einem dunkelgrauen Wollrock, einer blauen Strickjacke und einem Hut, der wie ein gehäkelter Lampenschirm aussah.

»Merke! Es geht immer noch schlimmer«, seufzte Marlene und sah zum ersten Mal zufrieden an ihrem eigenen Faltenrock hinab.

»… Shetland Undercover …«

Die nun klatschenden Schüler trugen einen safarigrünen Overall, auch ihre Lehrer.

»… die Schüler von der I.O.S. …«

So laut konnten die I.O.S.ler gar nicht johlen, dass sie das Buhen und Pfeifen der Schüler der Sherlock-Holmes-Academy übertönt hätten. Niemand hatte es Trudy bislang erklären können, woher die abgrundtiefe Abneigung dieser beiden Schulen rührte.

»… und schließlich: die Schüler der Sherlock-Holmes-Academy.« Isolde Korn lächelte, nickte ihren Schülern stolz zu und tat so, als würde sie das nun ebenso leidenschaftliche Pfeifkonzert der I.O.S.-Nachwuchsdetektive gar nicht hören.

»Ich begrüße die mitgereisten Lehrer und heiße sie in unserer Academy herzlich willkommen. Während viele Schüler im Dorf in privaten Unterkünften diese Turnierwoche verbringen werden, werden die meisten Lehrer Zimmer in unserer Academy beziehen, um den Turnierverlauf gemeinsam mit mir zu überwachen. Und wenn ich sage überbewachen, dann meine ich das auch so. Auch ich werde mein Büro für diese Woche räumen und der Jury des Turniers Platz machen.«

Ein Raunen und Tuscheln ging abermals durch die

Menge, nachdem Isolde Korn das verkündet hatte. Viele Schüler witterten wohl ungeahnte Freiheiten.

Doch die Freude währte nicht lange. Ein kleiner, ernst dreinschauender Herr in einem schwarzen Anzug und eine streng aussehende Dame, die ein schwarzes Nadelstreifenkostüm trug, stiegen die Treppenstufen zu Frau Korn hinauf.

Der Mann griff nach dem Mikrofon und sagte: »Guten Abend allen Schülern und Lehrern der angereisten Detektivschulen. Alle zwei Jahre veranstaltet das Ministerium für innere Sicherheit in enger Zusammenarbeit mit Scotland Yard das Turnier der Jungspione. Ziel dieses Wettbewerbs ist einerseits der Austausch zwischen den Schulen für Spionage und Detektivarbeit, andererseits möchten wir aber auch klarstellen, dass wir an besonders talentiertem Detektivnachwuchs höchst interessiert sind. So wird der Sieger dieses Turniers nicht nur Ruhm und Ehre für sich selbst und sein Institut erlangen und selbstverständlich den Pokal für zwei Jahre an seine Schule holen, sondern auch einen einwöchigen Workshop in der Hauptzentrale von New Scotland Yard in London erhalten.«

Wieder erhob sich allseits aufgeregtes Stimmengemurmel.

Einige Schüler klatschten laut Beifall, andere tuschelten leise miteinander.

Trudy sah, wie Evie und Violetta sich zuzwinkerten. Sie träumten sicher schon von der Siegerehrung.

»Und nun gebe ich ab an Frau Waverly, die euch die Turnierregeln erklären wird.« Sprach's und reichte das Mikrofon an die Dame mit dem Haarknoten.

»Eins, zwo, eins, zwo …«, machte Frau Waverly einen unnötigen Lautstärketest, dann faltete sie einen Bogen Papier auseinander. »Das diesjährige Turnier läuft unter dem Motto ›Highlandgames der Jungspione‹.« Sie blickte auf und sah den kleinen Herrn Berwick verwundert an. »Wer hat sich denn diesen albernen Titel ausgedacht?«, fragte sie – überflüssigerweise in das Mikrofon. »Nun ja, wie auch immer. Hier die Regeln. Erstens: Für die gesamte Turnierdauer von fünf Tagen besteht für alle Schüler die Verpflichtung, ihre Schuluniform zu tragen. Jederzeit. Die Schüler müssen immer und überall als Teilnehmer des Turniers identifiziert werden können. Das gilt für Besuche im Ort, bei Freunden, sogar beim morgendlichen Dauerlauf.«

Dass Frau Waverly nun erst einmal unterbrochen wurde, war absehbar. Alle quatschten und schrien durcheinander.

»Zweitens: Und ich sage alles nur einmal. Wer also was verpasst und deshalb gegen die Regeln verstößt, hat leider Pech gehabt. Jeder, der auch nur eine Regel missachtet, wird sofort vom Turnier ausgeschlossen.« Ihr strenger Blick wanderte langsam über die vielen Köpfe der nun gespannt wartenden Schüler hinweg. »Zweitens: Ebenfalls für die gesamte Turnierdauer wird ein absolutes Sprechverbot verhängt. Es ist den teilnehmenden Schülern nicht gestattet, miteinander zu sprechen. Weder untereinander noch mit Lehrkräften oder Personal der Schule und auch nicht mit Fremden, wie zum Beispiel den gastgebenden Familien im Ort.«

»So was können die doch sowieso nicht kontrollieren!«, rief ein rothaariges Mädchen vom St.-Rebus-Internat vorlaut, das Trudy sehr bekannt vorkam. Wenn das mal nicht die Vogelscheuchenzicke aus dem Zug war.

»Wer glaubt, dass er uns auf die Probe stellen muss, nur zu!«, rief Frau Waverly als Antwort darauf ins Mikrofon. »Lasst euch gesagt sein, dass wir unsere Spione überall postiert haben. Üüü-beeeer-alllll. Drittens: zum Ablauf des Turniers. In unregelmäßigen Abständen werden den Teilnehmern zu einem fiktiven Fall, in dem es zu ermitteln gilt, per Aushang nähere Details verraten. Für die Schüler, die in der Sherlock-Holmes-Academy wohnen, wird der Aushang am Schwarzen Brett neben dem Speisesaal angebracht. Die Schüler von der I.O.S. finden die Aushänge am Infopool ihres Instituts am Haupteingang. Die externen Schüler der anderen Internate können sich auf diesem vorab verteilten Lageplan die verschiedenen Informationspunkte im Ort ansehen.« Sie hielt eine Landkarte hoch, die Trudy heute Nachmittag schon einmal betrachtet hatte. Und zwar bei dem blonden Jungen, den Tante Rita so gerne in ihrem Mini in die Sherlock-Holmes-Academy gefahren hätte.

»Viertens: Wie kann man nun das Turnier gewinnen? Ihr werdet bei eurer Recherche einen Lösungscode finden. Wie ihr diesen herausbekommt, werde ich euch nicht verraten. Es gibt nur einen einzigen Satz dazu in unserer Turnierbeschreibung. Jener Satz lautet: Lasst Horte und Orte Worte sein.«

Überrascht ließ Frau Waverly das Mikrofon sinken und sah ihren Kollegen verwundert an. Dieser zuckte nur mit den Schultern.

Und Trudy? Die tippte den Satz schnell in ihr Handy.

Lasst Horte und Orte Worte sein.

»Sag nicht, du kannst dir diese sechs Wörter nicht merken«, witzelte Marlene.

»Ähäm, jedenfalls …«, las Frau Waverly weiter vor. »Dieser Code, den ihr irgendwie herausbekommen werdet, ist, zusammen mit eurer ID-Card, der Schlüssel zum Hauptgewinn. Im wahrsten Sinne. Wer glaubt, dass er die Lösung weiß, verfährt folgendermaßen: Im hinteren Gebäudeteil der Sherlock-Holmes-Academy, dort drüben, direkt neben dem pompösen Turm der Bibliothek, ist die Spürhundeschule. Genau an dem Punkt, an dem auch der Fahrradschuppen eingezeichnet ist. Dort befindet sich eine Tür, die mit einer elektronischen Versiegelung versehen ist. Die Angelegenheit ist einfach. Sollte ein Schüler meinen, dass er die Lösung kennt, geht er zu jener Tür, zieht seine ID-Card durch den Schlitz und tippt dann den Lösungscode in die Tastatur ein. Aber seid gewarnt: Jeder Schüler hat nur einen einzigen Versuch. Ihr solltet daher wirklich sicher sein, dass ihr die richtige Lösung habt. Schummelversuche haben keinen Sinn, denn der gesamte Bereich ist videoüberwacht. Öffnet sich jedoch die besagte Tür, so tretet ein und wartet, bis ihr abgeholt werdet. Ist der eingegebene Code falsch, ärgert euch nicht. Es ist ein Spiel und nur einer kann gewinnen. Allerdings werden wir jeden Schüler, der gegen eine Regel verstoßen hat oder der ein falsches Codewort eingegeben hat, vom Gelände der diesjährigen Highlandgames der Jungspione entfernen. Unverzüglich.«

Sie überreichte mit feierlicher Miene das Mikrofon an Herrn Berwick. Dieser nickte seiner Kollegin flüchtig zu.

»Mein Appell richtet sich vor allem an die Schüler, die jüngeren Alters sind: Die Aufgabe des Turniers ist eine harte Nuss, die es zu knacken gilt. Ich war selbst mit dabei, als wir uns diesen kniffligen Fall für euch ausgedacht haben. Und vielleicht seid ihr noch nicht in der Lage, das gesamte Rätsel zu lösen. Freut euch auch an Teilerfolgen und daran, dass ihr die einmalige Gelegenheit bekommt, an unseren Highlandgames teilzunehmen. Und zur Beruhigung aller: Es gibt natürlich keine echten Verbrecher in diesem Turnier.«

Dann aber holte er tief Luft und rief weit über den Schlossplatz der Sherlock-Holmes-Academy, sodass es in den vom Dunst verschleierten Abendhimmel aufstieg: »So lasst nun die Spiele beginnen!«

Verdächtig, verdächtig

Solch eine Stille hatte der Schlosspark der Sherlock-Holmes-Academy in seiner langen Geschichte vermutlich noch nie erlebt. Außer in den Ferien. Obwohl mehrere Hundert Schüler gerade in Busse einstiegen oder zurück in die Academy wanderten, sprach keiner auch nur ein Wort. Selbstverständlich nicht. Die Highlandgames waren eröffnet und somit galt das Sprechverbot. Niemand, absolut niemand wollte das Turnier schon am ersten Abend verlassen. Welch eine Schande wäre das für die jeweilige Schule!

Als Trudy die Stufen zum Portal hinaufstieg, schubste jemand sie unsanft zur Seite, sodass sie gegen das gusseiserne Geländer knallte.

»Hä…«, rief sie und wollte schon Violetta zurechtweisen, als sie sich schnell die Hand auf den Mund schlug. Ein recht glaubhaftes »Hätschi!« konnte sie noch eilig und geistesgegenwärtig daraus machen, bevor Frau Waverly von der Juryleitung noch auf die Idee kam, sie abzuführen, und das am ersten Turniertag, in der ersten Stunde der Highlandgames, ohne auch nur einen einzigen Hinweis gelesen zu haben.

Trudy sah Marlene beschwörend an. Gut. Sie waren jetzt gewarnt. So leicht würden sie es den Zicken nicht machen.

Der Schülerstrom zog geschlossen am Schwarzen Brett neben dem Speisesaal vorbei. Doch dort hing nur der Essensplan für die kommende Woche aus. Wie immer.

Trudy und Marlene nickten sich stumm zu, was so viel wie »Gute Nacht« heißen sollte, und verschwanden auf ihre Zimmer.

Lange saß Trudy auf der Fensterbank und starrte in den Nachthimmel hinaus, der sein hübschestes Kleid angezogen hatte. Jenes dunkelblaue Nachtgewand mit dem vom aufsteigenden Nebel getränkten weißen Saum. Wenn sie das Fenster ein wenig aufkippte, konnte sie das friedliche Rauschen in den Baumkronen hören und sogar die Wellen, die sich an den Klippen der nicht weit entfernten Felsenküste brachen.

Und doch war diese Stille nur Tarnung.

Unten zogen zwei uniformierte Beamte von Scotland Yard ihre Runden durch den Schlossgarten. Trudy entdeckte auch Frau Korn, die einen Schüler aus der Fünften zum Kleinbus mit der Aufschrift »Academy-Shuttle« führte.

Für den armen Kerl war die Turnierwoche wohl

schon beendet. Auf dem Flur hörte Trudy in regelmäßigen Abständen leise Schritte. Sie wurden bewacht wie in einem Hochsicherheitstrakt eines Gefängnisses für Schwerverbrecher.

Der Alarm ihres Handys war auf 21:53 Uhr eingestellt. Als es piepte, machte Trudy sich auf den Weg. Sieben Minuten. Sie hatte es genau ausgerechnet. Sieben Minuten würden ihr reichen, um einen letzten Gang für heute zum Schwarzen Brett machen zu können. Einen offiziellen Gang zum Schwarzen Brett, einen, der gegen keine Regel verstoßen würde.

Normalerweise machte es ihr nichts aus, auch zur Schlafenszeit, wenn das Umherwandern streng verboten war, durch die Gänge zu schleichen. Doch die vielen Überwachungskameras, die am Wochenende zum Beispiel vor dem Speisesaal angebracht worden waren, erschwerten die Lage gehörig.

Um 21:54 Uhr hatte Trudy, wie zuvor genau berechnet, das Treppenhaus erreicht. Es kribbelte ihr in den Zehenspitzen, sich aufs geschwungene Geländer zu setzen und hinabzurutschen. Doch sie riss sich zusammen und stieg brav und wie es sich gehörte, die Treppen in den Haupttrakt der Academy hinab. Hier und da begegneten ihr Mitschüler, die vermutlich ebenso eine letzte Runde gedreht hatten, aber schon auf dem Weg zurück waren. Kurz vor der letzten Kurve zum Speisesaal sah sie in einem großen Wandspiegel, wie Frau Waverly sich am Schwarzen Brett zu schaffen machte. Ein Blick auf die Armbanduhr verriet Trudy, dass ihre Zeitrechnung genau aufging. Es war 21:56 Uhr. Sie ging schnurstracks zum Schwarzen Brett und erntete einen erstaunten Gesichtsausdruck von Frau Waverly. Diese kontrollierte sogleich mithilfe ihrer Uhr, ob sie Trudy soeben bei einem Regelverstoß erwischt hatte. Dann verschwand sie wortlos. Natürlich.

Trudy spürte sofort dieses Kitzeln in ihrer Nasenspitze, als sie den blassgelben Zettel neben dem Speiseplan sah. Es gab also tatsächlich einen ersten Hinweis:

Ein Notruf ist um 21:34 Uhr bei der hiesigen Polizeistation in Cranesbill eingegangen. Jemand hat um Hilfe geschrien. Was die Person noch versuchte zu sagen, ging in einem lauten und langen Hupen unter. Der Anruf dauerte nur wenige Sekunden.

Trudy fotografierte den Aushang und machte sich um genau 21:57 Uhr auf den Weg zurück in ihr Zimmer. Um Punkt 22 Uhr hatte sie die Tür hinter sich geschlossen und stürmte zu ihrem Laptop. Sie übertrug das Foto von dem Aushang auf den größeren Bildschirm und las den ersten Hinweis immer und immer wieder. Dann legte sie in ihrem Handy eine neue Notiz an, in der sie den genauen Wortlaut von »Hinweis 1« hineintippte. Sie grübelte noch eine ganze Weile über diese wenigen Worte. Sicher hatte jedes Wort, jede Aussage eine wichtige Bedeutung.

Plötzlich wurde Trudy von einem lauten Piepgeräusch auf dem Flur abgelenkt. Sie spähte durch ihr eigenes Schlüsselloch und beobachtete einen Mann, der sich an dem Schloss vom gegenüberliegenden Zimmer zu schaffen machte, nachdem er seine Chipkarte durch den Kartenleser an der Sicherheitstür gezogen hatte. Das Zimmer war ein Gästezimmer der Sherlock-Holmes-Academy und erst kürzlich hatte eine Gastschülerin aus Indien dort gewohnt.

Der Mann, der vielleicht vierzig Jahre alt war, betrat den Raum, und bevor er die Tür hinter sich schloss, sah er noch einmal nach links und rechts auf den Flur hinaus.

Zu welcher Schule auch immer dieser Herr gehörte,

er war mit beinahe hundertprozentiger Sicherheit ein Lehrer. Und das hatte ihr wohl gerade noch gefehlt. Ein Lehrer, der das Zimmer genau gegenüber bezog und sie von nun an unter ständiger Aufsicht hatte.

Ein leises Klappern im Kleiderschrank beendete Trudys Grübeleien. Der Geheimgang. Den hätte sie ja fast vergessen.

Als sie die Bodenklappe hochzog, sah sie von unten blasses Licht aus Marlenes Zimmer heraufscheinen. Aber von Marlene war nichts zu sehen.

Trudy wollte schon hinabklettern, als sie einen Zettel fand. Marlene musste ihn soeben im Schrank deponiert haben.

Trudy,
wir benötigen eine Geheimsprache für diese Woche. Findest du nicht auch? Hast du einen Vorschlag?
Marlene

Trudy eilte zu ihrem Schreibtisch. Sie kramte mehrere Bücher heraus, unter anderem »Sag's geheim!«. Sie las hier und dort, blätterte vor und zurück und schnappte sich dann Marlenes Brief, um die Antwort zu schreiben.

Marlene,
wir haben doch in Geheimsprachen das Lorm-Alphabet durchgenommen. Viele Buchstaben kenne ich schon auswendig. Und du? Denkst du, wir kriegen das hin? Dann können wir miteinander sprechen, ohne dass uns jemand hören kann.
Trudy

Trudy ließ den Brief langsam in die Tiefen des Kleiderschranks fallen. Er war noch nicht ganz auf dem Boden in Marlenes Schrank gelandet, als diese auch schon in der Öffnung auftauchte. Sie faltete den Zettel auseinander, las Trudys Antwort und blickte dann grinsend nach oben.

Um das zu verstehen, benötigte Trudy Taff keine Geheimsprache.

Es hieß: Abgemacht!

Und schon stand Marlene auf einer der obersten Sprossen der Strickleiter und Trudy lag bäuchlings vor der Öffnung, aus der Marlenes Kopf herausschaute.

Als Marlene ihre Frage in Trudys Hand »eintippte«, musste Trudy lächeln. Wie oft hatte sie gestöhnt, als Herr Lambus ihnen das Lernen des Lorm-Alphabets als Hausaufgabe aufgegeben hatte. Schwieriger als chinesische Schriftzeichen waren die Lorm-Buchstaben zu lernen. Jeder Buchstabe hatte auf der Hand eine genaue Stelle und eine exakte Schreibweise. Das A wurde zum Beispiel als kurzes Tippen auf die Daumenspitze geschrieben.

»Hast du einen Hinweis?«, war Marlenes erste Frage. Trudy nickte heftig. Sie kramte ihr Handy hervor und zeigte Marlene die Notiz.

Marlene las den abfotografierten Zettel mehrmals gründlich durch, dann tippte sie »Danke!« auf Trudys Hand.

Trudy war erstaunt. Nicht eine Sekunde lang hatte sie drüber nachgedacht, Marlene diese Information nicht zu geben. Marlene war ihre Freundin. Und Trudy wusste haargenau, dass diese genauso gehandelt hätte.

»Morgen früh zur Polizeistation?«, fragte Marlene und tippte erstaunlich schnell. Trudy musste sich mächtig darauf konzentrieren, die Frage zu verstehen.

»Noch vor dem Frühstück«, war ihre Antwort.

Marlene nickte und klopfte sich auf die Brust, was so viel hieß wie: Ich komme mit. Dann gähnte sie und deutete nach unten. Auch das war nicht schwer zu verstehen: Sie würde nun schlafen gehen.

»Gute Nacht«, schrieb Trudy ihr in die Hand.

»Danke, meine Freundin«, war Marlenes Antwort.

Dann war sie verschwunden, und als Trudy wenige Minuten später noch einmal nachsah, ob Marlene ihr vielleicht eine weitere Nachricht geschrieben hatte, war unten in deren Zimmer alles dunkel. Marlene war schlafen gegangen. Doch für Trudy war daran nicht zu denken. Sie saß noch lange grübelnd auf der Fensterbank. Alles war so friedlich draußen. Der Wind rauschte durch die Kletterrosen und wiegte diese sacht in den Schlaf, sodass sie ihre Blüten schlossen. Eine weiße Möwe segelte durch die samtschwarze Nacht.

»Hiiiilfe, Hiiiilfe!«, schrie plötzlich eine helle Frauenstimme.

Oder war es nur der Schrei der Möwe?

Auf heißer Spur

Die ersten blassen Sonnenstrahlen des frühen Aprilmorgens kitzelten Trudy im Gesicht. Sie setzte sich auf und versuchte mit einem heftigen Kopfschütteln den Albtraum der vergangenen Nacht aus ihren Gedanken zu vertreiben. Immer wieder war sie aufgewacht, weil sie meinte, eine um Hilfe schreiende Frauenstimme gehört zu haben.

»Na prima, Trudy Taff!«, schimpfte sie in Gedanken mit sich selbst. »Kaum hat das Turnier angefangen, leidest du auch schon an Verfolgungswahn.«

Sie wollte gerade in ihre Lieblingsjeans schlüpfen, als ihr einfiel, dass sie ja auch schon vor dem Frühstück ihre Schuluniform tragen musste. Doch es blieb ihr keine Zeit, sich darüber zu ärgern. Schon klopfte es nämlich im Geheimgang.

Um Punkt sieben Uhr war die Nachtruhe zu Ende und in genau diesem Augenblick riss Trudy ihre Zimmertür auf. Sie stürmte auf den Flur und prallte mit dem Lehrer aus dem Raum gegenüber zusammen. Dieser hatte wohl soeben versucht, Trudys Namensschild auf der Tür zu lesen. Jedenfalls stand er herabgebeugt vor ihrem Zimmer, als sie ihn umrannte.

»Hoppla, hoppla, junge Dame«, fing der Herr Trudy geistesgegenwärtig auf, bevor sie auf dem Boden aufschlug.

Der Schreck saß Trudy noch in den Knochen, aber sie war trotzdem glücklicherweise im Besitz ihrer geistigen Kräfte und reagierte blitzschnell und äußerst überlegt. Sie zuckte nur kurz mit den Schultern, was so viel heißen sollte wie: Ich hab Sie nicht gesehen. Dann legte sie den Zeigefinger an ihre Lippen und reichte dem fremden Lehrer die Hand zur Entschuldigung.

Dieser guckte recht überrascht, als er Trudys Hand schüttelte. Er schien noch nicht kapiert zu haben, warum Trudy sich so verhielt, als diese auch schon davonlief.

Am Schwarzen Brett neben dem Speisesaal hing noch immer derselbe Zettel mit dem ersten Hinweis von gestern Abend. Dieses Mal musste Trudy hochspringen, um ihn sehen zu können, denn eine riesige Schülertraube stand davor.

Marlene kam um die Ecke und Trudy nickte ihr kaum merklich zu. Sie eilten den Flur entlang und die breite Freitreppe in die Eingangshalle hinab.

»Im Schloss wird nicht gerannt«, entrüstete Victor sich und schimpfte hinter ihnen her, während sie über den Kiesweg zum Fahrradschuppen stürmten.

Isolde Korn kam mit dem Schulbus durchs Schlosstor gefahren und lächelte ihnen freundlich zu. Sicher hatte sie wieder jemanden weggebracht, der die Regeln missachtet hatte.

Trudy und Marlene öffneten gerade die Fahrradschlösser, als zwei Mädchen vom Institut Marples & Christies eilig an ihnen vorbeiliefen. Sie gingen schnurstracks Richtung Hundeschule und stoppten vor der Tür, die für das Turnier präpariert worden war.

Marlene schlich ein paar Schritte hinter den beiden her, Trudy folgte ihr und sie konnte nicht glauben, was sie dort sah. Eines der Mädchen zog seine Chipkarte durch den Kartenleser und tippte dann einen Code in die Tastatur neben der Tür ein. Ein langer greller Alarmton erklang, die Tür blieb aber verschlossen.

Enttäuscht blickte das Mädchen seine Freundin an und zuckte nur mit den Schultern. »Hätte ja klappen können. Ich meine, wenn ich zwei Buchstaben kenne und es vermutlich sechs weitere Hinweise geben wird, dann lag ich mit meiner Vermutung gar nicht so falsch. Ich wünsche dir viel Glück, Isabell, und komm jetzt bloß nicht auf die Idee, mir zu antworten«, sagte sie zu ihrer Freundin, dann setzte sie sich in den Sessel, der neben der Tür stand, um auf Frau Korn oder sonst jemanden zu warten, der sie wegbringen würde.

Feuchter Dunst hing in schweren Schleierwolken vor der Sonne und hinten am Horizont türmten sich weiße Wolkenberge höher und höher. Trudy und Marlene hingen ihren Gedanken nach. Was anderes war ihnen ja auch nicht erlaubt. Wie gerne hätten sie über das Mädchen vom Marples & Christies gesprochen.

Trudy jedenfalls schüttelte immer noch den Kopf, wenn sie darüber nachdachte, wie leichtfertig die Schülerin ihre Chance vertan hatte. Andererseits hatte das Mädchen davon gesprochen, dass es schon zwei Buchstaben des Lösungscodes kannte. Wie war das möglich? Woher hatte es diese Informationen?

Trudy spürte Unruhe in sich aufsteigen. Sie waren nicht allein hier im Wollmoor unterwegs. Um sie herum wimmelte es nur so von Jungdetektiven, die alles daransetzten, selbst das Turnier zu gewinnen.

Trudy trat schneller in die Pedale, und erst als sie ihr Rad in Cranesbill abbremste, atmete sie tief durch. Marlene neben ihr schnaufte und schnappte nach Luft.

Es hatte auch was für sich, dass sie nicht miteinander sprechen durften. Zumindest im Moment. Trudy wusste haargenau, dass Marlene sonst schlimm mit ihr geschimpft hätte.

Es herrschte ein Trubel in den Gassen von Cranesbill, wie ihn dieser Ort vermutlich noch nie zuvor erlebt hatte. Und doch. Das Treiben glich einem Schweigemarsch. All die Schüler in ihren Schuluniformen machten sich entweder auf den Weg zu einem Informationspunkt oder aber zur Polizeistation, dem Ort, auf den der erste Hinweis deutete. Keiner sprach auch nur ein Wort. Das war auch besser so, denn überall standen Wachposten, die jeden abführen würden, der sich nicht an die Regeln hielt.

Vor der kleinen Polizeiwache standen die Schüler Schlange und Trudy und Marlene reihten sich mit ein.

Ein älterer Mann in Uniform erschien auf dem oberen Treppenabsatz und sah erstaunt über die Schülerhorde hinweg.

»Frau Bloom, kommen Sie, das müssen Sie sehen!«, rief er seiner Kollegin zu.

Eine Frau, Trudy schätzte, dass sie etwa so alt wie ihre Mutter war, stellte sich neben den Polizisten und betrachtete lächelnd die vielen Schüler. »Und soll ich Ihnen etwas verraten, CI? Mein Sohn ist hier auch irgendwo dabei«, sagte sie stolz.

Sie wurden immer zu zehnt in die Polizeiwache hineingeschleust und durften sich dort den Notruf anhören. Trudy kribbelte und kitzelte es in der Nasenspitze, den Polizisten mit dem Namensschild »CI Johnson« auszufragen, aber das war ihr ja leider nicht erlaubt.

Als sie endlich an der Reihe waren, schaltete sie ihr Handy auf Aufnahme und betrat die kleine Wache, die in einem urigen Häuschen untergebracht war. Es war eines jener Häuser, die ein wenig windschief aussahen und an deren Fachwerk allerlei Grünzeug in die Höhe kletterte.

Frau Bloom drückte mit wichtiger Miene auf einen Knopf und es ertönte eine Männerstimme: »Akte A-MI, Notruf von Sonntag, 13. April, 21:34 Uhr.« Dann erklang ein lautes Rauschen und Knacken. »Hiiiilfe, Hiiiilfe!«, schrie eine Frau und ihre nächsten Worte gingen in einem langen lauten Hupton unter. Nach genau sieben Sekunden war der Notruf beendet.

»So, das war's!« CI Johnson klatschte in die Hände und zeigte auf die hintere Ausgangstür, während er vorne die nächsten zehn Schüler hineinbugsierte. Er zwinkerte Marlene im Vorbeigehen kurz zu.

Logo, dachte Trudy, denn er war ja ein Kollege von Marlenes Eltern.

Dennoch war sie verwirrt. Sie hatten den Notruf gehört. Gut und schön. Aber wo war denn nun der erste Buchstabe des Lösungscodes versteckt?

Marlene blickte sie ebenfalls ratlos an, als sie durch die Polizeiwache zum Hinterausgang schlenderten.

Wieder und wieder lauschten sie der kurzen Aufnahme in Trudys Handy. Sie setzten sich auf eine Bank im Ort und beobachteten die vielen Schüler, die noch immer vor der Wache Schlange standen. Es war zum Haareraufen, Mäusemelken und überhaupt zum Verrücktwerden.

Plötzlich schoss ein Geistesblitz durch Trudys Kopf. Natürlich!

Sie legte eine neue Notiz in ihrem Handy an und schrieb:

1. Die ersten Buchstaben vom Lösungscode sind A-MI. Akte A-MI eben.
2. Ist der Hupton ein weiterer Hinweis?

Dann reichte sie unauffällig ihr Handy an Marlene weiter. Diese las die Notiz, sah mit hochgezogenen Augenbrauen ihre Freundin an und studierte den Text noch einmal. Gleichzeitig sprangen sie auf und stürmten zu ihren Fahrrädern. Sie waren gerade losgefahren, als Trudy eine Vollbremsung hinlegte. Sie schnappte die Hand der neben ihr anhaltenden Freundin und tippte im Geheimcode ihre Frage ein.

»Wohin fahren wir eigentlich?«

Marlene guckte verblüfft, dann grinste sie und zuckte mit den Schultern.

»Woher kann das Hupen kommen?«, fragte Trudy in Geheimsprache.

Ihre Freundin dachte scharf nach und tippte dann: »Vom Bahnhof?«

Ja, das war eine gute Idee. Darauf hätte Trudy auch selbst kommen können. Aber der nächste Bahnhof war in Mistyfields. Wie sollten sie so schnell dort hinkommen?

»Mit dem Bus«, schlug Marlene lautlos vor und Trudy nickte zufrieden. Sie radelten zurück zur Academy. Für die Busfahrt nach Mistyfields benötigten sie Geld und ihren Schülerausweis. Außerdem wollten sie einen kurzen Blick aufs Schwarze Brett werfen, bevor sie stundenlang unterwegs sein würden und den zweiten Hinweis verpassen könnten.

Als sie an der Bushaltestelle im Ort vorbeikamen, hätte es ihnen die Sprache verschlagen, wenn sie nicht sowieso geschwiegen hätten. Etwa hundert Schüler aller an den Highlandgames der Jungspione teilnehmenden Schulen standen dort und warteten auf den nächsten Bus nach Mistyfields. Und nicht nur sie. Auch einige Lehrer, unter anderem Herr Lambus, hatten sich dort eingefunden.

Trudy trat wütend in die Pedale. Sie hatte ihren schönen Vorsprung, den sie sich gestern Abend so schlau erkämpft hatte, komplett verspielt. Und nicht nur das. Es hatte den Anschein, als würde sie schon meilenweit hinter vielen anderen zurückliegen.

Auf Abwegen

Als sie ihre Fahrräder in den Schuppen schoben, wurde ein Schüler von der I.O.S. zu Frau Korns Academy-Shuttle geführt. Es war ein älterer Schüler, vermutlich aus der vierten oder fünften Klasse. Er ärgerte sich mächtig und trat hier und dort mit dem Fuß gegen Dinge, die ihm in den Weg gerieten. Die beiden Polizisten von Scotland Yard nahmen ihn in die Mitte und führten ihn wie einen Verbrecher zum Bus, der ihn für den Rest der Woche wer weiß wohin bringen würde.

Trudy und Marlene hatten sich in die Ecke geduckt und abgewartet, bis der Junge abtransportiert worden war. Nun aber sausten sie zurück ins Schloss.

Es herrschte eine bedrückende Stille in der gesamten Sherlock-Holmes-Academy. Niemand begegnete ihnen auf dem Weg zum Speisesaal im ersten Stockwerk. Nicht einmal Victor, der sonst immer alles mitbekam, ganz besonders natürlich das unerlaubte Rennen in den Schulfluren.

So erschraken die beiden Freundinnen regelrecht, als ihnen Frau Waverly entgegenkam. Sie trug einen blassgelben Zettel in der Hand und verschwand nach einem kurzen höflichen Kopfnicken in Frau Korns Schulleiterbüro, das in dieser Woche die Turnierleitung für sich beansprucht hatte.

Frau Waverly aber hatte noch nicht ganz die Bürotür hinter sich geschlossen, als Trudy und Marlene wie nach einem »Auf die Plätze, fertig, los!« gleichzeitig losstürmten.

Tatsächlich. Es gab einen neuen Hinweis am Schwarzen Brett. Das hatte sich die Turnierleitung ja fein ausgedacht. Ausgerechnet dann rückten sie die neue Info raus, wenn beinahe alle Schüler auf dem Weg nach Mistyfields waren.

Wie gestern Abend machte Trudy ein Foto von dem Hinweis:

> Am frühen Morgen ist eine Lösegeldforderung bei der Familie des Entführungsopfers eingegangen. Die Entführer verlangen 350 000 Britische Pfund in kleinen Scheinen. Die Familie hat die Polizei informiert und Kontakt zur VI-Bank of Scotland aufgenommen.

Trudy und Marlene lasen die Nachricht immer wieder. Was nun? Eigentlich wollten sie nach Mistyfields zum

Bahnhof fahren. Aber dieser Hinweis machte es dringend erforderlich, sofort die VI-Bank of Scotland aufzusuchen.

Langsam ließ Trudy sich an der Wand hinabrutschen und setzte sich an Ort und Stelle auf den Boden. Sie tippte alle heutigen Informationen in ihr Handy ein, dann griff sie nach Marlenes Hand.

»Ich fahr zur Bank«, schrieb sie.

Marlene sah sie erstaunt an.

»Und der Bahnhof?«, wollte sie wissen.

»Hat Zeit. Wir kommen dafür sowieso zu spät«, antwortete Trudy.

Trudy eilte in ihr Zimmer, um ihre Detektivtasche zu packen. Noch einmal würde sie gewiss nicht unvorbereitet sein. Dann ging sie zurück zum Fahrradschuppen, wo Marlene ebenfalls mit Detektivtasche über der Schulter schon auf sie wartete. Anschließend radelten sie noch einmal zurück ins Dorf.

Nur noch wenige Schüler standen an der Bushaltestelle nach Mistyfields. Aus der Ferne sah man schon den Linienbus 13 angebraust kommen, und Trudy überlegte für einen winzig kleinen Augenblick, ob sie ihre Pläne noch einmal über den Haufen werfen und in den Bus einsteigen sollte. Doch sie schüttelte den

Gedanken schnell wieder ab, denn es machte wenig Sinn, all den anderen Schülern hinterherzufahren und diese einmalige Chance, sich wieder einen kleinen Vorsprung herauszuarbeiten, sausen zu lassen.

Die Filiale der VI-Bank of Scotland war ganz in der Nähe von Marlenes Zuhause in Cranesbill. Wie alle Häuser im Ortskern war auch dieses ein winziges einstöckiges Gebäude.

Als Trudy und Marlene die Bank betraten, sah ein junger Herr in Schlips und Kragen von seinem Schreibtisch auf.

»Nanu?«, rief er mit Blick auf die große Uhr, die hinten an der Wand hing. »Ihr seid aber von der schnellen Truppe, wie? Ich dachte, vor dem Nachmittag muss ich noch nicht mit euch rechnen. Das hat mir jedenfalls die Turnierleitung gesagt.«

»Ähäm. Ähäm«, machte ein Polizist in Uniform, der auf einem Stuhl neben dem Eingang saß und den Trudy und Marlene erst jetzt bemerkten.

Der Bankangestellte zog eine Schreibtischschublade auf und holte einen Schlüsselbund heraus. »Dann kommt mal mit.«

Er führte sie zu einer der hinteren Türen, schloss sie auf und ging in einen Keller voran. Nachdem der Bankangestellte ihnen ein Zeichen gegeben hatte, folgten Marlene und Trudy ihm, während der Polizist auf seinem Platz sitzen blieb. Er musste heute bestimmt die Bank sichern, wenn der Mitarbeiter in die Highlandgames eingebunden war.

Der Keller war winzig, eigentlich war es nur ein einziger Raum. Der Tresorraum. Hinter einer Gittertür schlummerten einige wenige Schließfächer.

»Hier in Cranesbill benötigt man von allem nicht viel. Ein paar Läden, ein paar Mülltonnen und ein paar Schließfächer eben für die Reichen des Ortes«, erzählte ihnen der junge Mann, während er die Gittertür an drei Stellen aufschloss.

Die metallene Tür quietschte laut, als der Bankangestellte sie öffnete.

»Heute Morgen erhielt ich jedenfalls einen Anruf von einer dieser reichen Familien hier im Wollmoor. Man wolle große Teile des Familiengoldes aus dem Tresor in Bargeld umtauschen. Exakt 350 000 Britische Pfund. Und zwar in kleine Scheine. Noch heute. Also telefonierte ich mit unserer Zentrale, und man schickte mir einen Geldtransport, der die Goldbarren abholte. Nach der Prüfung des Goldes wird mir heute in der Mittagspause zwischen eins und zwei das Bargeld angeliefert. Daraufhin werde ich mich mit der entsprechenden Familie wieder in Verbindung setzen.«

Was der Bankangestellte jedoch nicht wusste, und was auch Marlene nicht ahnen konnte, war, dass Trudy seine Ausführungen auf Band aufgenommen hatte. Nun öffnete sie ihre Detektivtasche und holte ihre Kamera heraus. Sie fotografierte den Tresorraum, die Gittertür und vor allem natürlich das offene Schließfach. Und dennoch. Es war Marlenes Geistesblitz, der ihnen hier einen weiteren Buchstaben im Geheimcode verriet.

Marlene fotografierte ebenso wie Trudy den Tresorraum und das Schließfach. Dann schubste sie die Tür des Schließfaches zu und sah verblüfft ihre Freundin Trudy an. Auf dem Schließfach stand T-IU. Nichts weiter. Wenn diese Buchstaben mal nicht zum Geheimcode gehörten!

Nachdem sie beide ihre Aufnahmen gemacht hatten, öffneten sie das Schließfach wieder. So leicht würden sie es ihren Konkurrenten natürlich nicht machen. Zu Trudys Freude war noch immer kein weiterer Schüler in der Bank aufgetaucht.

Draußen war alles still. Nur ein einsamer Graureiher zog eine tiefe Runde über Cranesbill.

Trudy hielt plötzlich ihre Hand auf den Bauch, der laut geknurrt hatte. Sie nahm Marlenes Hand und tippte schnell: »Ich hab Hunger.«

»Ich auch«, hieß Marlenes heftiges Nicken, und so gingen sie in die kleine Bäckerei, die genau gegenüber der VI-Bank of Scotland am Marktplatz lag.

Es war nicht ganz einfach, ein Milchhörnchen zu bestellen, wenn man keinen Piep sagen durfte. Aber die Verkäuferin, eine ältere Dame mit silbernem Haarknoten, lächelte sie freundlich wissend an und hielt nacheinander die verschiedensten Brötchen in die Höhe, bis Trudy und Marlene ihre Wahl getroffen hatten.

»Hach«, seufzte die Dame und kassierte das Geld von den beiden sie standhaft anschweigenden Mädchen, »ich wünschte, ich wäre auch noch mal jung und könnte auf eine Detektivschule gehen. Womit verbringe ich meine Zeit? Mit Backwaren …« Sie betrachtete verträumt das Schulwappen der Sherlock-Holmes-Academy auf Trudys Poloshirt.

Während sie weiterplauderte, bissen Trudy und Marlene hungrig in ihre Hörnchen.

»Du liebe Zeit«, wunderte sich die Dame mit der großen weißen Spitzenschürze, »sie werden doch in der Academy nicht vergessen, euch zu füttern?«

Trudy kicherte. Füttern. Wie sich das anhörte!

»Ihr könnt euch schon mal freuen«, flüsterte die Dame und beugte sich weit über die Theke, als wäre sie im Begriff, ein großes Geheimnis auszuplaudern. »Beim nächsten Hinweis gibt's jedenfalls genug zu essen.« Dann richtete sie sich wieder zu ihrer vollen Größe auf und tippte sich stolz auf ihre Brust.

Trudy und Marlene tauschten alarmierte Blicke. Das war ja mal eine heiße Information.

Ein Polizist in schwarzer Uniform, der die ganze Zeit vor der Bäckerei auf und ab gelaufen war, betrat den Verkaufsraum und es klingelte schrill in die knisternde Stille.

»Guten Morgen!« Seine Stimme donnerte laut und die Verkäuferin lief puterrot an. Trudy und Marlene verdrückten sich langsam. So langsam, dass sie genau hören konnten, wie der Polizist zu der Dame hinter der Theke sagte: »Ich muss Sie verwarnen, gnädige Frau. Sie haben unterschrieben, dass Sie keine internen Informationen zum Turnier an Schüler preisgeben.«

»Was hab ich denn gesagt?«, fragte die Verkäuferin bestürzt.

»Sie haben Informationen zu Hinweis Nummer drei an diese beiden Mädchen verraten«, klärte der Polizist sie auf.

»Ach, hab ich das?«, fragte die Dame erstaunt. »Das tut mir aber leid, Herr Kommissar. Es soll nicht wieder vorkommen.«

Vielleicht war es ihre ehrliche Zerknirschtheit, vermutlich aber lag es daran, dass sie den Polizisten zum Kommissar befördert hatte, was diesen besänftigte.

»Nun denn«, sagte dieser sichtlich geschmeichelt. »Schwamm drüber, nicht wahr? Geben Sie mir lieber eines Ihrer Butterhörnchen.«

Für Trudy und Marlene aber war es höchste Zeit zu gehen. Es war 11:21 Uhr und noch immer war der Ort wie ausgestorben. Hier und da kamen ein paar Nachzügler um die Ecke gesaust und eilten zur Bushaltestelle.

Auch Trudy schlenderte nun gemütlich dorthin. Nicht, weil sie in den gerade ankommenden Bus einsteigen wollte. Ein Blick auf den Fahrplan sagte ihr, dass die ersten Schüler frühestens um 12:18 Uhr aus Mistyfields zurück sein konnten. Und das beruhigte sie sehr. Welch ein herrliches Gefühl, wieder einen satten Vorsprung zu haben.

Marlene griff nach Trudys Hand und schrieb in Geheimschrift: »Und die Information vom Bahnhof? Das Zeichen fehlt uns doch noch.«

Trudy lächelte. Sie hatte die ganze Zeit auf diese Frage gewartet.

Sie tippte: »Das erledigen wir übers Internet.«

Marlene riss ihre Augen weit auf, als hätte sie ein Krokodil über die Straße wandern sehen. »Übers Internet?«, fragte sie auf ihre geheime Art und musste dreimal neu anfangen, weil ihre Finger vor Aufregung heftig zitterten.

Trudy aber gab in aller Seelenruhe eine Notiz zu Hinweis 1 in ihr Handy ein:

»Im Internet heraussuchen, welcher Zug um 21:34 Uhr in Mistyfields abfährt. Die Zugnummer, das Gleis oder der Abfahrts- oder Zielort sind höchstwahrscheinlich die fehlenden Code-Zahlen.«

Marlene blickte ihr über die Schulter, als Trudy mit fliegenden Fingern auf der kleinen Tastatur herumhackte.

Während Trudy das Handy in ihre Tasche zurücksteckte, klatschte Marlene leise Beifall. »Wie du darauf gekommen bist!«

Logo. Der Notruf war um 21:34 Uhr getätigt worden, somit musste der Zug um dieselbe Uhrzeit im Bahnhof gewesen sein.

Etwas beschämt lächelte Trudy ihre Freundin an. Ja, sie ahnte selbst, dass das einer ihrer bislang genialsten Geistesblitze im laufenden Turnier war.

In aller Seelenruhe legten die beiden Freundinnen sich mitten auf dem Marktplatz, im Schatten der großen Trauerweide, auf die Lauer. Ihre Fahrräder lehnten neben ihnen an der Rundbank, sodass sie im Fall der Fälle, wenn es spontan losging, die Verfolgung aufnehmen konnten.

Doch bis dahin dauerte es vermutlich noch eine Stunde. Marlene nutzte die Zeit, um kurz nach Hause zu flitzen. Minuten später kam sie mit zwei Äpfeln und einer Tüte Erdnüsse zurück. Es war eine gute Gelegenheit, etwas Nervennahrung zu knabbern. Das fand auch Trudy und ließ die erste Nussschale laut knacken. Wer wusste schon, wann sie dazu wieder Zeit finden würden?

12:18 Uhr kam und ging. Der Bus hatte Verspätung, wie Trudy zufrieden feststellte. Als sie um 12:23 Uhr in der Ferne den Linienbus aus Mistyfields näher kommen hörten, sahen sie sich alarmiert an. Es wurde ernst.

Und tatsächlich kam es so, wie Trudy es vorausgesehen hatte. Die ersten Schüler kehrten zurück. Aber sie sahen recht unzufrieden aus. Scheinbar war des Rätsels Lösung um den Hupton komplizierter, als es zunächst schien.

Trudy zählte genau zwanzig Schüler. Je vier von »Shetland Undercover« und von »Dublin 007«. Sechs Schüler von »St. Rebus«, drei von »Marples & Christies« und ebenso drei von der I.O.S., zwei von ihnen waren ausgerechnet Oscar und Joe.

Sie alle stürmten zur Informationssäule auf dem Marktplatz und lasen den nächsten Hinweis um genau 12:27 Uhr, wie Trudy mit einem schnellen Blick auf ihre Uhr feststellte. Wenige Sekunden später drehten sich alle gleichzeitig um und rannten hinüber zur VI-Bank of Scotland, die sie um 12:28 Uhr, kurz vor der Mittagspause, erreichten.

Marlene packte die restlichen Erdnüsse in ihren Rucksack und Trudy beobachtete, was in der Bank geschah. Nach genau einer Minute wurden die zwanzig Schüler von dem Polizisten nach draußen geführt und der Bankangestellte schloss nach einem prüfenden Blick über den Marktplatz die Eingangstür zur Bankfiliale ab.

Die enttäuschten Gesichter der Schüler sprachen Bände, auch wenn sie natürlich kein einziges Wörtchen sagten.

Nur Trudy und Marlene grinsten zufrieden, als die Schüler in verschiedene Richtungen davonschlichen. Vermutlich würden sie jetzt erst einmal ins Internat oder in ihre Gastfamilien zurückkehren. Sie konnten ja nicht ahnen, was Trudy und Marlene in Erfahrung gebracht hatten.

Die beiden Detektivfreundinnen würden ihren Wachposten vor der Bank selbstverständlich nicht verlassen, bis die Geldübergabe vollzogen war.

Ihre Geduld wurde auf eine harte Probe gestellt. Der Zeiger der Uhr schlich über die Eins und nichts geschah. Auch als der nächste Bus um 13:18 Uhr eine riesige Horde Schüler aus Mistyfields ausspuckte, war der Geldtransporter noch nicht da gewesen. Wie die letzte Gruppe lasen diese Schüler ebenfalls den neuen Hinweis und stürmten zur Bank, die aber erst um 14:30 Uhr wieder öffnen würde.

So breitete sich wenige Minuten später wieder eine himmlische Ruhe über Cranesbill aus. Der Wind frischte auf und trieb Regenwolken voran, die sich wie ein grauer Teppich über das Wollmoor legten.

Es war schon kurz vor zwei, als sie endlich das Motorengeräusch eines Bullis näher kommen hörten. Und tatsächlich, ein dunkelblaues Fahrzeug mit der Aufschrift »Geldtransporte« hielt vor der VI-Bank of Scotland. Während der Fahrer sitzen blieb, stieg sein Kollege aus und trug einen an seinen Handgelenken festgeketteten metallenen Koffer zur Seitentür der Bankfiliale. Der Polizist ging noch immer vor der Bank auf und ab, und der Bankangestellte öffnete nach einem prüfenden Blick nach draußen kurz die Tür, um den Geldboten hereinzulassen. Das Ganze dauerte nur wenige Sekunden, dann kam der Geldbote schon wieder heraus, stieg in den Wagen und der Transporter brauste davon.

Trudy und Marlene aber waren alarmiert. Jetzt kam es drauf an. Wer würde nun das Geld aus der VI-Bank of Scotland hinaustragen?

Das Knattern eines alten Minis durchbrach die mittägliche Stille und Sekunden später hielt Tante Rita mit quietschenden Reifen vor der Filiale an.

»Tante Rita? Was macht die denn hier?«, tippte Trudy hastig in Marlenes Handfläche.

Tante Ritas Funkstille

Tante Rita stieg aus ihrem Mini aus und rief »Frauchen ist gleich zurück!« in den Innenraum hinein. Boss bellte daraufhin einmal laut, als hätte er sie verstanden.

Der Polizist redete kurz mit Tante Rita, die heute kaum wiederzuerkennen war. Sie trug ein dunkelblaues Wollkleid und eine Strickmütze, aus der ihr schwarzes Haar in wilden Strähnen heraushing. In einem solchen Aufzug hatte Trudy Tante Rita noch nie gesehen. Hätte sie es nicht besser gewusst, dann hätte sie ihre Tante vermutlich für eine Kriminelle gehalten.

Wieder wurde die Seitentür der Bankfiliale geöffnet und der Mann ließ Tante Rita schnell hindurchschlüpfen. Der Polizist drehte eine Runde um den dunkelgrünen Mini und warf einen neugierigen Blick hinein, woraufhin Boss alarmiert losbellte.

Trudy grinste. Bosco von der Bogenhütte, du bist ein prima Wachhund, dachte sie.

Nur wenige Minuten später verließ Tante Rita mit einem Metallkoffer die Bankfiliale, stieg in den Mini und brauste davon. Sie schien sich unbeobachtet zu fühlen.

Trudy und Marlene sprangen auf ihre Fahrräder und wollten schon die Verfolgung aufnehmen, als der Polizist einen blassgelben Zettel aus seiner Brusttasche herauszog und zum Infokasten schlenderte. Er nahm den zweiten Hinweis heraus und ersetzte ihn durch Hinweis Nummer drei:

Um exakt 13:54 Uhr ist das Lösegeld an eine Mittelsperson übergeben worden. Diese steht in Kontakt zur Polizei und zu den Erpressern.

Trudy traute ihren Augen kaum, als sie diese Botschaft las. Tante Rita war also die Mittelsperson, die in Kontakt zur Polizei und zu den Erpressern stand? Dieselbe Tante Rita, die gestern noch behauptet hatte, dass sie keine Ahnung von diesem Turnier hätte?

Der Weg zum Moosbeerhaus führte sie hinunter zur Landstraße Richtung Mistyfields, die sie aber nur überquerten, um auf dem sandigen Pfad zu Tante Ritas Haus weiterzufahren. Links und rechts säumten grüne Moosbeersträucher den Weg, in denen schon jetzt, Mitte April, zarte rosa Blüten leuchteten. Ein Duft von Heidelbeeren lag in der Luft. Jene feuchte Moorluft stieg aus den Sümpfen auf, die einen durchnässte, obwohl es gar nicht regnete. Trudys pechschwarze Haare fielen wie dicke, mit Wasser vollgesaugte Wollfäden um ihr Gesicht. Marlenes braune Locken dagegen kringelten sich immer mehr und zogen sich wie Sprungfedern zusammen.

Die Strecke zum Moosbeerhaus war mit dem Fahrrad viel weiter, als es im Mini von Tante Rita den Anschein hatte. Das lag vielleicht aber auch nur an Tante Ritas rasanter Fahrweise. Trudy und Marlene jedenfalls strampelten ordentlich gegen einen immer stürmischer werdenden Wind an, der ihnen von Norden her, also direkt von der Küste, entgegenwehte. Es wäre in dieser Einsamkeit sicher ungefährlich, ein wenig miteinander zu plaudern, ohne dabei erwischt zu werden, aber das verbot ihnen ihre Detektiv-Ehre.

Tante Rita schien zu Hause zu sein, und sie war nicht allein. Vor dem Moosbeerhaus parkten der Mini und eine große schwarze Limousine. Bevor Boss sie hören konnte und Alarm schlug, legte Trudy ihr Fahrrad ins hohe Gras neben dem Haus und schlich an der Seite entlang zum Küchenfenster. Sie schaute vorsichtig hinein, aber niemand war zu sehen. Die kleine urige Küche lag verlassen in ihrem Dornröschenschlaf.

Trudy und Marlene waren kaum einen Meter weiter durch das dichte Heidekraut Richtung Wohnzimmerfenster geschlichen, als Boss tatsächlich losbellte. Es blieb ihnen nichts anderes übrig, als vorne an der Haustür ganz offiziell zu klingeln.

Tante Rita öffnete schwungvoll die Tür, hielt mit einer Hand Bosco fest und rief: »Die Schnittchen bitte in die Küche, das Gebäck ins Wohnzimmer.«

»Schnittchen? Aber Tante Rita, wir sind's doch!«, hätte Trudy beinahe gerufen. Sie hatte schon Luft geholt, als Marlene ihr schnell die Hand vor den Mund hielt.

Erst als Tante Rita sich wunderte, warum niemand mit Schnittchen an ihr vorbeizog und sie sich noch einmal umsah, entdeckte sie ihre Nichte und deren Freundin.

»Ihr? Was macht ihr denn hier? Das ist aber ein ganz ungünstiger Zeitpunkt für einen Familienbesuch, liebe Trudy. Oh, und wag es nur nicht, mir zu widersprechen oder sonst irgendwie zu antworten. Du nimmst jetzt deine Freundin und radelst zurück zur Schule. Sicher gibt es dort bald einen neuen Hinweis.«

Tante Rita wollte schon resolut ihrer Nichte die Tür vor der Nase zuwerfen, als Trudy ebenso kühn einen Fuß dazwischenstellte. Marlene kicherte leise, als Trudy heftig nickte und auf den Geldkoffer zeigte, den sie von der Türschwelle aus im Wohnzimmer stehen sah.

»Was willst du damit sagen, Trudy Taff?«, kreischte Tante Rita in einer Tonlage, die einer Opernsängerin alle Ehre gemacht hätte.

Wieder nickte Trudy nur, dieses Mal aber mit Marlenes Unterstützung.

Trudy holte ihr Handy aus der Tasche und zeigte Tante Rita den Hinweis Nummer drei. Dann ließ sie das Telefon wieder in ihre Tasche plumpsen und deutete auf ihre Tante.

Nun war es Tante Rita, der es die Sprache verschlug. Sie öffnete weit die Tür und ließ ihre Nichte und deren beste Freundin endlich herein. Bevor sie die Tür hinter ihnen schloss, warf sie noch einen prüfenden Blick hinaus über das Wollmoor. Noch immer schüttelte sie ungläubig den Kopf, als sie Trudy und Marlene ins Wohnzimmer folgte.

Und dort stand er. Der Geldkoffer. Trudy beäugte ihn von allen Seiten und machte dann mit ihrer Kamera ein paar Aufnahmen davon. Das alles unter dem wachsamen Blick des Herrn Berwick von der Turnierleitung. Ihm gehörte also die schwarze Limousine vor dem Haus. Jedenfalls saß er in Tante Ritas Lieblingssessel und schlürfte laut an einer Tasse Tee. Als es wieder an der Haustür klingelte, sah Tante Rita Herrn Berwick verblüfft an, während sie feststellte: »Diese Schüler sind aber echt von der schnellen Truppe. Waren wir damals auch so flott?«

Doch dieses Mal waren es wirklich die Schnittchen. Ein weißer Bulli der Bäckerei am Markt hielt vor der Haustür und ein Mann mit karierter Hose und weißem Kittel trug Tablett um Tablett ins Haus. Die üppig belegten Schnittchen in die Küche, die vielen Blechkuchen und Plätzchen ins Wohnzimmer.

Als er wieder verschwunden war, sagte Tante Rita fröhlich: »Bitte, greift zu! Ich hab das in Absprache mit der Internatsleitung und der Jury geordert. Viele Schüler sind nämlich so mit der Recherche beschäftigt, dass sie das Essen ganz vergessen. Allerdings habe ich die ersten Gäste nicht vor dem späten Nachmittag erwartet«, fügte sie mit Blick auf die laut tickende Wanduhr hinzu.

Trudy kribbelte es in den Lippen, so sehr kniff sie den Mund zusammen, um nur nicht versehentlich zu sprechen. Zu gerne hätte sie Tante Rita gefragt, wie die anderen Schüler die Fährte zu ihr aufnehmen sollten. Schließlich hatte doch niemand außer ihr und Marlene die Geldübergabe beobachtet.

»Hmmm …«, machte Herr Berwick und suchte sich mit spitzen Fingern ein Schokoladenplätzchen aus. »Herrlich, gnädige Frau, welch famose Idee, die Schüler hier zu verköstigen.«

Trudy grinste.

Und die Jury, schoss es ihr durch den Kopf, und sie zwinkerte Marlene zu, die wohl genau das Gleiche gedacht hatte.

Schnell musste Trudy einsehen, dass es unmöglich war, auch nur ein Wörtchen von Tante Rita zu erfahren. Der Hinweis besagte, sie sei die Mittelsperson. Zwischen welchen Personen sie stand, war die Frage. Auf der einen Seite hatte sie selbstverständlich Kontakt zur Polizei und zur Familie des Entführungsopfers. Auf der anderen Seite aber sollte sie auch Verbindung zum Entführer haben. Doch wie sollte man das herausbekommen, wenn sie zu Hause saß und Schnittchen mampfte?

Das Telefon klingelte und gab Trudy die Antwort.

»Taff«, meldete Tante Rita sich kurz und bündig. Einige wenige Sekunden herrschte Stille.

»Selbstverständlich können Sie jederzeit vorbeikommen und die Fangschaltung einrichten. Ja, nur zu. Gern in der nächsten halben Stunde.«

Trudy und Marlene sahen sich bedeutungsvoll an. Sie nahmen sich ein Stück Marmorkuchen und setzten sich aufs Sofa. Plötzlich hatten sie Zeit, viel, viel Zeit.

Die Techniker kamen, als Trudy gerade den letzten Bissen von ihrem Kuchenstück in den Mund schob. Es dauerte auch nur wenige Minuten, dann verschwanden die beiden Männer wieder. Tante Rita ließ sie allerdings erst gehen, nachdem sie sich bei den Schnittchen bedient hatten.

»Hach ja«, seufzte Herr Berwick und suchte sich ein weiteres Schokoladenplätzchen aus, während er Trudy und Marlene über den Rand seiner Brille hinweg ansah. »Diese moderne Technik. Beeindruckend, nicht wahr? Wie kompliziert war doch vor zwanzig Jahren noch das Einrichten einer Fangschaltung! Nicht wahr, Frau Taff? Das war oft stundenlange Arbeit. Und heute? Ein Anruf beim Telefonanbieter, ein Antrag bei Gericht, und schwupps!, alle eingehenden Anrufe werden gespeichert. Sogar die anonymen Anrufe.«

Trudy zückte ihr Handy, um nachzusehen, ob sie Tante Ritas Festnetznummer gespeichert hatte. Dann sprang sie auf, winkte Herrn Berwick und Tante Rita zu, machte Marlene ein Zeichen, ihr zu folgen, nahm sich ein weiteres Stück Kuchen für unterwegs und stürmte aus dem Moosbeerhaus.

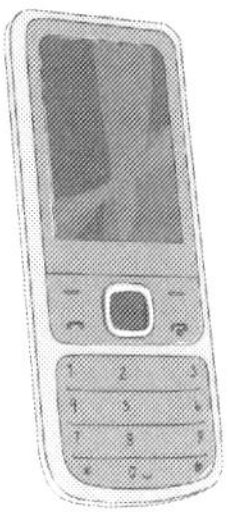

Verdeckte Ermittlung

Boscos aufgeregtes Bellen schallte noch eine ganze Zeit hinter ihnen her, während Trudy und Marlene zurück zur Academy radelten. Marlene warf ihrer Freundin immer wieder fragende Blicke zu, aber diese hüllte sich – selbstverständlich – in Schweigen.

In Trudys Kopf flogen die Gedanken wie Tischtennisbälle hin und her. Sie musste dringend in die Academy und all die Hinweise sortieren. Und dann gab es ja auch noch das Rätsel um den mysteriösen Hupton zu lösen.

Auf dem Kiesweg vor dem Hauptportal der Academy standen bestimmt fünfzehn Schüler, die auf ihre Abreise warteten. Einige waren offensichtlich dabei erwischt worden, ohne Schuluniform unterwegs gewesen zu sein, denn sie trugen lässige Jeans, während sie auf den Shuttle-Bus warteten. Überhaupt schienen manche sich furchtbar zu ärgern, dass das Turnier für sie ab sofort beendet war. Andere lehnten entspannt am Treppengeländer oder saßen auf den Stufen, und sie machten den Eindruck, als würden sie sich darüber freuen, dass die Highlandgames ohne sie weitergehen würden.

Trudy stand schon vor ihrer Zimmertür, als sie sich entschied, noch einmal einen Abstecher zum Speisesaal zu machen. Und? Wie hatte sie das ahnen können? Dort hing Hinweis Nummer vier:

Es wurde am heutigen Nachmittag bei der Mittelsperson eine Fangschaltung vom Telefonanbieter eingerichtet. Achtung: Vokale nimmt man hier doppelt wichtig.

Schon war er wieder dahin, der schöne Vorsprung. Das jedenfalls war das Erste, was Trudy durch den Kopf schoss, während sie gedankenversunken in ihr Zimmer schlich.

»Oder auch nicht«, wisperte sie zufrieden, nachdem sie eine ganze Stunde über den Hinweisen gebrütet hatte. Im selben Augenblick klopfte es laut hinter ihr, sodass Trudy heftig zusammenfuhr und für einen klitzekleinen Moment glaubte, jemand hätte sie beim Selbstgespräch erwischt. Aber es war zum Glück nur Marlene, die im Kleiderschrank unten an die Bodenklappe klopfte.

Trudy öffnete die Schranktür, doch sie fand keine wartende Marlene vor, sondern nur einen Zettel.

Trudy,
ich hab meine Ergebnisse ausgewertet.
Hinweis 1: (Akte) A-MI + ? (Hupton)
Hinweis 2: VI-Bank of Scotland + T-IU
Hinweis 3: Tante Ritas Moosbeerhaus? +
Erpresserbleibe?
Was glaubst du? Liege ich bislang richtig?
Marlene

Trudy musste innerlich grinsen, denn exakt dieselbe Lösung hatte auch sie herausgefunden. Und dennoch. Sie hatte ja schon Hinweis Nummer vier gelesen. Also schrieb sie unten auf den Zettel:

Hinweis 4: Telefonanbieter?

Sie ließ den Brief im Geheimgang nach unten segeln, dann schaltete sie ihren Laptop ein. Sie tippte Tante Ritas Telefonnummer und E-Mail-Adresse ein, und das Rechercheprogramm im Internet verriet ihr in Sekundenschnelle, was sie wissen wollte: den Telefonanbieter. Es handelte sich um die Telekom united, Mistyfields, kurz TuM.

Sich in Tante Ritas Konto einzuloggen, dauerte exakt eine Minute und sieben Sekunden. Schließlich hatte Trudy oft genug zugesehen, wenn Tante Rita ihr Passwort eingegeben hatte. Fünf Buchstaben, Leerzeichen, drei Buchstaben, Leerzeichen, drei Buchstaben, Leerzeichen, elf Buchstaben.

Nach dem Turnier würde sie ihre Tante auf den neuesten Sicherheitsstand bringen. Aber erst nach dem Turnier.

Sie tippte »Bosco von der Bogenhuette« ohne Erfolg ein.

Dann versuchte sie es mit »Bosco-von-der-Bogenhuette«, und tatsächlich – das war das Passwort.

Augenblicke später klopfte Marlene erneut an die Bodenklappe und dieses Mal kam sie in Trudys Zimmer geklettert. Sie fuchtelte wie wild mit den Armen und konnte in ihrer Hektik kaum den Stift halten, mit dem sie hastig eine Nachricht an Trudy aufschreiben wollte:

Klick mal im Internet auf der Website unserer Stadt die Webcam am Marktplatz an. Dann gehst du auf gespeicherte Bilder von 13:54 Uhr.

Trudy musste eigentlich gar nicht nachsehen, um zu wissen, was sie auf diesem Bild sehen würde. Es dämmerte ihr sofort. Und genauso war es. Auf dem Foto, das die Webcam exakt um 13:54:21 Uhr gespeichert hatte, sah man Tante Ritas Mini vor der VI-Bank of Scotland stehen. Und nicht nur das. Wenn man näher ranzoomte, konnte man sogar einige Buchstaben des Nummernschilds erkennen. Doch Marlene tippte aufgeregt auf eine andere Stelle am Bildschirm. Fassungslos entdeckte Trudy dann, was Marlene so nervös machte. Man konnte nicht nur Tante Ritas Mini mit einem Teil des Nummernschilds ganz einwandfrei auf diesem Foto erkennen, sondern auch zwei Schülerinnen der Sherlock-Holmes-Academy, die auf einer Bank unter der großen Weide die Geldübergabe beobachtet hatten. Es war auch überhaupt nicht nötig, noch näher ranzuzoomen, denn dieses ungleiche Freundinnengespann war allen wohlbekannt.

»Das sind ja wir!«, schrie Trudy in sich hinein und Marlene nickte stumm. Tarnung sah wahrlich anders aus.

An diesem Abend konnte Trudy einfach nicht einschlafen. Sie malte sich aus, was geschehen würde, wenn die anderen Turnierteilnehmer sie und Marlene auf dem Foto der Webcam entdecken würden. Gegen Mitternacht gab sie auf. Sie sprang aus dem Bett, knipste die Leselampe auf dem Schreibtisch an und brütete weiter über den Hinweisen. Sie musste sich beeilen, wenn sie ihren winzigen Vorsprung behalten wollte. Wie leicht war es für die anderen, mithilfe der Webcam herauszufinden, wer die Mittelsperson war. Und hatte man dann erst einmal Tante Rita besucht, war es nur noch ein Kinderspiel, das Passwort für die Fangschaltung herauszufinden. Boss war Tante Ritas Ein und Alles. Das wusste jeder, der auch nur einmal im Moosbeerhaus gewesen war.

Trudy checkte im Internet, welche Anrufe ihre Tante seit Einrichtung der Fangschaltung erhalten hatte. Es war eine ihr unbekannte Nummer, die nach einer kurzen Recherche dem Haus in den Klippen zugeordnet werden konnte, drei Anrufe waren von der Polizeistation und zwei weitere von der Academy.

Und dann sah Trudy mit Schreck eine ihr vertraute Telefonnummer. Eine Nummer, die sie im Schlaf aufsagen konnte. Vorwärts und rückwärts. Es war die Telefonnummer ihrer Eltern. Ausgerechnet heute hatten ihr Vater oder ihre Mutter Tante Rita angerufen. Ausgerechnet! Trudy ärgerte sich so sehr darüber, dass ihr vor Wut Tränen in die Augen stiegen.

Natürlich konnte ihr Vater seine Schwester anrufen, wann immer er wollte. Aber musste es ausgerechnet zu der Zeit sein, wenn Tante Ritas Anschluss mit einer Fangschaltung belegt war und sämtliche Turnierteilnehmer nun in ihren privaten Angelegenheiten herumschnüffeln würden? Reichte es nicht, dass sie und Marlene beim Observieren gefilmt worden waren?

Nachdem Trudy zurück ins Bett gekrochen war, wälzte sie sich noch stundenlang schlaflos hin und her. Es half alles nichts. Wenn sie das Turnier gewinnen wollte – und das war keine Frage –, dann musste sie sich den anderen stellen.

Um fünf Uhr morgens beschloss sie, die Nacht zu beenden. Sie schlich leise in den Waschraum, um niemanden zu wecken. Als sie zurückkam, begegnete ihr der Lehrer aus dem Zimmer gegenüber. Er erschrak ganz offensichtlich, jemandem zu so früher Stunde zu begegnen, versuchte seine Überraschung aber zu vertuschen. Der Mann im karierten Morgenmantel und in Hausschuhen, die Trudy noch nicht mal ihrem Urgroßvater zugemutet hätte, schlurfte wortlos nickend an ihr vorbei. Dass der Lehrer nicht auf dem Weg zum Waschraum war, registrierte Trudy sofort. Er trug kein Handtuch bei sich. Außerdem meinte Trudy sich daran zu erinnern, dass das Gästezimmer ihr gegenüber sogar ein eigenes Badezimmer hatte.

Trudys Spürsinn schlug Alarm und ihre Nase fing wie wild zu kribbeln an. Sie wusste nicht warum, aber sie musste diesem Lehrer folgen.

Ihr Vorteil war ihr guter Orientierungssinn. Sie war mit allem im Landschloss inzwischen so vertraut, dass sie sich mühelos auch im Dunkeln ohne aufzufallen und ohne verräterischen Lärm zu machen bewegen konnte. Sie wusste haargenau, an welcher Stelle ein Wandspiegel hing. Tag für Tag hatte sie die Treppenstufen gezählt und die Schritte, die sie benötigte, wenn sie durch die Flure lief.

Als der Mann ins Treppenhaus verschwand, blieb Trudy am oberen Absatz hinter einer riesigen Bodenvase versteckt zurück. Nur ein Stockwerk tiefer schlich er in den Wohntrakt des Westturms.

Trudy huschte die Treppe hinab und kauerte sich unter einen Wandtisch, den irgendjemand glücklicherweise so platziert hatte, dass sie etwa ein Drittel des rund verlaufenden Flures überblicken konnte. Ein mächtiges Blumengesteck war auf einem Tischläufer drapiert, sodass es Trudy zum größten Teil hinter sich verbarg. Selbst bei Tageslicht wäre sie in diesem Versteck nur schwer zu entdecken gewesen.

Plötzlich erhellte ein Lichtschein den Gang. Der Lehrer hatte eine Taschenlampe dabei und Trudy beobachtete, wie er von Zimmer zu Zimmer schlich und mit einem kurzen Aufblenden der Taschenlampe die Namensschilder auf den Türen las. Nach der achten Tür verschwand der Mann aus Trudys Blickfeld. Doch sie zog es vor, in ihrem Versteck zu verharren. Schließlich brauchte sie nur das Aufblitzen der Taschenlampe mitzuzählen, um genau zu wissen, an welcher Tür er gerade angelangt war. An Tür Nummer zwölf dauerte das Aufleuchten der Lampe dreimal so lange. Dann blieb es dunkel. Der Mann kam zurück. Trudy presste sich so nah wie möglich mit dem Rücken an die Wand. Ihr Herz klopfte so laut, ja es pochte sogar in ihren Ohren, sodass sie befürchtete, ihr eigener Herzschlag könnte sie verraten.

Doch der geheimnisvolle Lehrer huschte eilig an ihr vorbei, verschwand im Treppenhaus und stieg die Stufen wieder hinauf. Trudy zählte die Sekunden, die sie immer benötigte, um zu ihrer Zimmertür zu gelangen, und ein leises Piepen verriet ihr, dass der Mann nun seine Chipkarte durch den Kartenleser an seiner Zimmertür gezogen hatte.

Noch ein, zwei Minuten wartete Trudy in ihrem Versteck, um sicher zu sein, dass die Luft tatsächlich rein war. Dann lief sie den Flur entlang und zählte die Zimmertüren. Je näher sie der zwölften Tür kam, desto mehr drängte sich ihr ein gruseliger Verdacht auf. Zimmer Nummer zwölf auf diesem Flur war das ihrer besten Freundin Marlene.

Auf Zickenart

Marlene hatte keine Ahnung von dem morgendlichen Besuch an ihrer Zimmertür und Trudy würde auch dafür sorgen, dass das vorerst so blieb. So stand Marlene um Punkt sieben Uhr fertig angezogen in Schuluniform auf der Strickleiter im Geheimgang und wartete auf Trudy.

»Noch keine Anrufe?«, tippte diese auf Trudys Hand.

Trudy schüttelte den Kopf und antwortete: »Frühstück.«

Sie trafen sich zwei Minuten später im Treppenhaus und schlenderten gemeinsam zum Speisesaal. Dort hing immer noch der vierte Hinweis von gestern, der Essensplan und – ein Foto.

Aber nicht irgendein Foto. Es war das Foto, das die Webcam am Marktplatz gestern Mittag um 13:54 Uhr aufgenommen hatte. Jemand hatte sich sogar die Mühe gemacht, Trudy und Marlene auf dem Foto einzukreisen. Als wäre das nötig gewesen.

Marlene streckte schon ihre Hand aus, um das Bild abzunehmen, als Trudy sie stoppte. Sie deutete mit dem Kinn auf die beiden Überwachungskameras im

Flur und zog ihre Freundin in den Speisesaal hinein. Doch so ruhig, wie sie vorgab zu sein, war sie nicht. Innerlich kochte sie vor Wut. Sie wusste genau, wer das Foto dorthin gehängt hatte, und ihr Verdacht wurde bestätigt, als ihr Blick im Speisesaal als Erstes auf die beiden hämisch grinsenden Zicken Violetta und Evie fiel.

Marlene stapfte schon schnaufend auf die beiden zu, als Trudy sie ein zweites Mal bremste. Sie griff nach der Hand ihrer besten Freundin, um ihr »Die wollen uns austricksen« in die Handfläche zu tippen. Marlene nickte tapfer und ging zum Buffet. Trudy freute sich diebisch, dass die beiden Oberzicken sich nun sprachlos ansahen. Logo. Wie konnten sie auch wissen, dass Trudy und Marlene sich gerade auf Lorm unterhalten hatten. Um das zu begreifen, hätten sie im Unterricht bei Herrn Lambus schon besser aufpassen müssen.

Trudy wanderte gerade mit ihrer Müslischale am Buffet entlang auf der Suche nach Joghurt, als der Lehrer, dem sie heute Morgen gefolgt war, hereinkam, sich einen Teller schnappte und ihn volllud. Trudy pirschte sich unauffällig näher heran, um seinen Namen auf der ID-Card zu lesen, die er an einem Band um den Hals trug, aber unglücklicherweise bewegte er sich so hastig, dass dies unmöglich war.

Trudy konnte lediglich feststellen, dass dieser Lehrer nicht zur Sherlock-Holmes-Academy, zur I.O.S. oder zur Shetland Undercover gehörte. Diese Schulen auszuschließen, war ein Kinderspiel. Wäre er Lehrbeauftragter der Sherlock-Holmes-Academy, so würde Trudy ihn selbstverständlich kennen und außerdem würde er nicht in einem Gästezimmer der Academy übernachten. Zur I.O.S. konnte er ebenso wenig gehören, denn dieses Internat lag nur wenige Meilen weit entfernt und alle I.O.S.ler ermittelten von ihrer Schule aus. Die Shetland Undercover konnte Trudy ebenfalls ausschließen, da dort auch die Lehrkräfte jene safarigrünen Uniformen trugen. Dieser Mann aber steckte in abgewetzten Jeans und einem altmodischen Strickpullover.

Er setzte sich an einen Tisch nahe den großen Fenstern, direkt neben Trudys und Marlenes Lieblingsplatz.

Plötzlich sah Marlene erschrocken auf und stupste Trudy an, was so viel wie »Achtung!« heißen sollte. Violetta und Evie schlichen auf sie zu. Sie umrundeten geschickt die Tische, und als sie direkt hinter Trudy standen, kippte Violetta ihren Orangensaft um, sodass Trudy Taff wie ein begossener Pudel dasaß.

Trudy sprang auf und blitzte die schadenfroh grinsenden Mädchen böse an. Dann aber dämmerte ihr, warum die beiden das taten. Sie wollten sie und Marlene zum Reden bringen, damit sie vom Turnier ausgeschlossen wurden.

Alle Achtung, dachte Trudy, das hätte auch um ein Haar geklappt. Aber eben nur fast. Sie schnappte sich ihre Serviette, trocknete ihr Gesicht und ihr Haar ein wenig ab und warf dann der überraschten Evie das nasse Tuch zu. Diese hatte schon den Mund aufgerissen, um sich zu beschweren, als sie ihn lautlos wieder zuklappte. Trudy blinzelte den zwei Zicken kurz zu und rauschte lächelnd aus dem Speisesaal, um ein weiteres Mal an diesem Morgen zu duschen.

Als Trudy zwanzig Minuten später einen neuen Anlauf nahm, um endlich zu frühstücken, war die Academy wie leer gefegt. Logisch, dachte sie und warf einen Blick aufs Schwarze Brett. Violetta und Evie hatten mit ihrer dummen Fotoaktion nicht nur Trudy und Marlene verraten, sondern vor allem den anderen den entscheidenden Hinweis auf die Mittelsperson gegeben. Jedenfalls die Schüler von der Sherlock-Holmes-Academy kannten alle Tante Rita und ihren grünen Mini. Oft genug hatte diese schon vor dem Portal laut hupend auf ihre Nichte gewartet.

Der fremde Lehrer saß noch immer im Speisesaal und nippte an einer weiteren Tasse Kaffee. Trudy wunderte sich darüber, denn die anderen Aufsichtspersonen waren alle schon wieder im Einsatz. Frau Korn zum Beispiel war damit beschäftigt, einen Schüler abzutransportieren. Wohin auch immer. Das hatte Trudy vor wenigen Augenblicken von ihrem Fenster aus beobachtet.

Sie zog ihren Notizblock aus der Tasche und schob die Überlegungen um den seltsamen Lehrer weit weg. Sie hatte wahrlich über genug anderes nachzugrübeln. Und sie musste sich beeilen. Durch das Foto am Schwarzen Brett schmolz ihr Vorsprung nun tatsächlich wie Butter in der Sonne.

Plötzlich brummte das Handy in Trudys Rocktasche. Ein kurzer prüfender Blick an den Nachbartisch sagte ihr, dass der fremde Lehrer es nicht gehört hatte. Im Schutz des weißen Tischtuchs las Trudy die Nachricht:

Trudy, Marlene,
wir warten auf euch bei den 13 Birken.
Oscar, Joe

Trudy sprang auf, ließ die halb volle Müslischale stehen und schnappte sich stattdessen im Vorbeilaufen eine Banane vom Buffet. Sie traf Marlene am Fahrradschuppen, wo diese ungeduldig auf sie wartete. Trudy musste nicht lange überlegen, was die Jungs von ihnen wollten. Sicher hatten die beiden sie auf dem Foto der Webcam entdeckt.

Die dreizehn Birken lagen ziemlich genau in der Mitte zwischen den beiden Schulen. Und schon viel früher waren sie der heimliche Treffpunkt für verbotene Freundschaften zwischen der I.O.S. und der Sherlock-Holmes-Academy gewesen.

Oscar und Joe hatten ihre Fahrräder im dichten Sumpfgras abgelegt, sodass sie von der Straße aus nicht zu sehen waren. Genauso machten sie es immer, wenn sie sich hier trafen. Trudy und Marlene legten ihre Fahrräder eilig dazu.

Die Jungs trugen ihre Schuluniformen, genau wie Trudy und Marlene. Nur kam Trudy sich gegenüber den schicken schwarzen Overalls der Jungs recht albern in ihrem Karorock vor.

Oscar nickte ihnen kurz zu und Joe hielt prompt das Foto von der Webcam in die Höhe. Dann holte er einen Block aus seinem Rucksack und schrieb: »Woher habt ihr das gewusst?«

Trudy und Marlene sahen sich fragend an, dann schnappte Marlene den Stift und notierte: »Wir haben es nicht gewusst.«

Oscar tippte sich an die Stirn, als wolle er sagen: »Das kannst du deiner Großmutter erzählen, aber nicht mir.«

Trudy zuckte nur mit den Schultern. Sollten sie es glauben oder eben nicht. Wie konnten sie es auch beweisen?

Oscar zog ein klein zusammengefaltetes Papier aus seiner Hosentasche. Es war ein Ausdruck über alle eingegangenen Telefonate an Tante Ritas Anschluss. Den Anruf von Trudys Vater hatte er unterstrichen. Joe schrieb: »Ist das euer Telefonanschluss, Trudy?«

Trudy nickte.

Oscar und Joe tauschten vielsagende Blicke. Dann schrieb Oscar: »Gibt es irgendetwas, das ihr uns sagen wollt? Wisst ihr etwas, das sonst keiner weiß?«

Trudy und Marlene schüttelten wiederum vehement den Kopf.

»Ihr behauptet also, das ist alles nur Zufall?«, fragte Joe auf dem Papier.

Die Mädchen nickten.

Joe und Oscar sahen sich lange schweigend an. Dann stopften sie ihre Sachen in den Rucksack zurück und zogen mit finsteren Mienen davon.

Verflixtes Turnier, dachte Trudy und merkte, wie ihr die Tränen in die Augen schossen, als sie Oscar hinterhersah.

Langsam und zerknirscht radelten Trudy und Marlene zurück zur Academy. Irgendwie verging ihnen gerade gründlich die Lust an den Highlandgames.

Zum Glück sind es nur noch drei Tage, dachte Trudy, als sie neben Marlene den Kiesweg zum Hauptportal entlangschlenderte. Dann würden sich die Missverständnisse aufklären lassen. Sie spürte, wie sich bei diesem Gedanken ihre Laune schlagartig besserte. Plötzlich träumte sie wieder davon, das Turnier zu gewinnen und für eine Woche Ermittlerin bei Scotland Yard zu sein.

Es geschah in der Eingangshalle: Violetta und Evie schienen auf Trudy und Marlene gewartet zu haben.

»Guck mal, Marlene!«, rief Evie laut, dann verschwanden die beiden Mädchen schnell hinter der Kellertür.

Trudy und Marlene sahen sich noch verdutzt an, als Victor die Tür seines Büros aufriss.

»Du«, winkte er Trudy zu sich heran. »Du setzt dich bitte augenblicklich in mein Büro. Ich informiere die Schulleitung darüber, dass du geredet hast.«

Trudy schüttelte wild den Kopf, dass ihre schwarzen Bindfäden-Haare nur so flogen. Ein kurzer Blick zur inzwischen geschlossenen Kellertür verriet ihr, dass Violetta und Evie sich verzogen hatten.

Auch Marlene protestierte stumm, aber dafür mit Händen und Füßen. Doch es half nichts. Sekunden später kam Frau Korn die Treppe herab und sah Trudy enttäuscht an.

»Schade, Trudy Taff. Irgendwie hatte ich von dir mehr erwartet«, raunte sie ihr zu.

Trudy schnappte sich einen Zettel vom Tisch und einen Kugelschreiber.

»Ich habe nicht gesprochen. Ich schwöre«, schrieb sie auf und reichte Frau Korn das Blatt.

»Wirklich nicht?« Erstaunt sah die Schulleiterin der Sherlock-Holmes-Academy Victor an. »Aber Sie sagen, Sie sind der Augenzeuge?«

»Nicht Augenzeuge, Frau Korn, Ohrenzeuge«, verbesserte Victor sie.

»Wo waren Sie, als Sie Trudy Taff haben reden hören?«, fragte Frau Korn und warf Trudy und Marlene skeptische Blicke zu.

»Hier, in meinem Büro«, antwortete Victor.

»Was haben Sie gehört?«, hakte Frau Korn nach.

»Ich hörte, wie diese junge Dame«, er zeigte dabei auf Trudy, »… wie diese junge Dame ›Guck mal, Marlene‹ gerufen hat.«

»Das war nicht ich«, schrieb Trudy mit dicken schwarzen Buchstaben auf ein weiteres Blatt Papier.

»Wer denn dann?«, fragte Victor erzürnt. »Es war niemand anders in der Eingangshalle. Außer besagter Marlene. Aber die wird sich ja wohl nicht selbst rufen.«

Trudy tippte mit ihrem Finger erneut auf das Blatt: »Das war nicht ich!« Sie ärgerte sich, dass ihr heiße Tränen in die Augen schossen, aber so wollte sie das Turnier nicht beenden.

»Na schön. Mal angenommen, ich glaube dir, Trudy Taff. Dann schreib mir bitte den Namen der Person auf, die hier gesprochen hat«, verlangte Frau Korn und schob ihr das Blatt herüber.

Trudys Hand zitterte, als sie ansetzte, Evies Namen aufzuschreiben. Es war eine Sache, sich zu verteidigen. Aber es war etwas ganz anderes, wenn man jemanden verpetzen musste. Sie schüttelte den Kopf, legte den Stift wieder hin und sah Frau Korn aus vor Tränen schimmernden Augen an.

»Also doch«, schloss diese aus Trudys Verhalten. »Dann komm jetzt bitte, ich fahre dich zu den anderen, die auf das Ende des Turniers warten.«

Verzweifelt blickte Trudy Marlene an, als diese sich ihnen wie eine Schranke in den Weg stellte.

»Marlene Lund«, schimpfte Frau Korn, »es ist ja löblich von dir, deine Freundin verteidigen zu wollen, aber sie hat es soeben doch indirekt zugegeben.«

Marlene schüttelte heftig den Kopf und deutete dann im Flur auf eine der Videokameras.

Das war die Idee!, dachte Trudy und nickte ihrer Freundin glücklich und erleichtert zu.

»In der Tat, Victor. Das ist eine famose Idee. Lassen Sie uns einen Blick auf die Videoaufzeichnung der letzten Minuten werfen. Nur um ganz sicherzugehen«, schlug Frau Korn vor und eilte in Victors Büro.

»Bitte«, sagte Victor, »wenn Sie es schwarz auf weiß sehen wollen.« Er schob Frau Korn seinen Schreibtischstuhl vor den Computer und alle drei lugten Frau Korn über die Schulter, als sie die Videoaufzeichnungen der letzten zehn Minuten ansah.

Oh weh, dachte Trudy nervös, als sie sich selbst im Bild auftauchen sah. Dass sie so schlimm in der Schuluniform aussah, hatte sie sich gar nicht vorgestellt.

»Guck mal, Marlene!«, war es deutlich im Video zu vernehmen.

Frau Korn spulte zurück. »Guck mal, Marlene!« hörten sie wieder und wieder, weil ihre Schulleiterin immerzu denselben Ausschnitt ansah.

»Victor?« Frau Korn drehte sich auf dem Schreibtischstuhl herum. »Leider kann man nicht sehen, wer gerufen hat. Was ich aber hundertprozentig sagen kann, ist, dass Trudy Taff es nicht wahr. Sehen Sie?

Hier müsste sie ihren Mund bewegen. Und? Was macht sie stattdessen? Sie schaut erschrocken in diese Richtung.« Frau Korn tippte auf dem Monitor ungefähr dorthin, wo Evie und Violetta im Keller verschwunden waren. »Trudy hat genau gesehen, wer gerufen hat. Und Marlene – sehen Sie hier – ebenso. Die beiden Mädchen sind unschuldig. Ihr könnt gehen.«

Es dauerte ein paar Augenblicke, bis Trudy und Marlene begriffen hatten, was Isolde Korn soeben gesagt hatte. Trudy fiel ihrer Freundin dankbar um den Hals. Marlene hatte sie in letzter Sekunde gerettet. Was für eine tolle Freundin sie doch war!

Das einzig Ärgerliche war, dass Evie und Violetta ungeschoren davonkamen, denn die Ecke mit der Kellertür in der Eingangshalle war auf dem Video nicht einzusehen. Trudy hätte schwören können, dass die beiden das vorher genau ausgekundschaftet hatten.

Doch schon beim Mittagessen änderte sich die Situation erneut.

Trudy und Marlene stocherten in ihrem Möhreneintopf, als Frau Waverly den Speisesaal betrat, sich kurz umsah und dann schnurstracks auf Violetta und Evie zuging. Sie baute sich vor Evie auf, zog ein Papier aus der Jackentasche und las laut vor: »Wer in erheblicher Weise in den Turnierverlauf eingreift, in diesem Fall durch öffentliches Aushängen von Ermittlungsdaten, ist umgehend von den Highlandgames auszuschließen.«

Evie sprang auf und schlug laut protestierend auf die Tischplatte. Doch Frau Waverly zückte ohne mit der Wimper zu zucken das Foto, das Evie am Morgen am Schwarzen Brett ausgehängt hatte. Dann zauberte sie ein weiteres Foto hervor und sagte: »Der Beweis von unserer Überwachungskamera, am Morgen um 7:02 Uhr aufgenommen. So, bitte folge mir nun und erspare dir die Schande, von den Officers von Scotland Yard abgeführt zu werden.«

Evie kochte vor Wut.

Mit krebsrotem Gesicht stürmte sie auf Trudy und Marlene zu und brüllte diese an: »Ihr ... ihr hochnäsigen Ziegen werdet auch nicht gewinnen! Dafür werde ich schon sorgen ...«

Was sie noch sagen wollte, verschluckte sie vor Schreck, als sie links und rechts von den Polizisten abgeführt wurde.

Das Haus in den Klippen

Mit fortschreitendem Turnier wurde es zunehmend stiller in der Academy. Und auch in Cranesbill waren am dritten Tag schon deutlich weniger Schüler unterwegs.

Trudy wartete ungeduldig auf den nächsten Hinweis. Den ganzen Nachmittag lief sie immer wieder zum Schwarzen Brett. Doch kein neuer Zettel weit und breit. So forschte sie weiter an den ihr bekannten Informationen.

Noch immer war die Frage zu klären, woher der Hupton gekommen war. Also gab sie auf der Internetseite der Bahn den Bahnhof Mistyfields, den Tag und die genaue Uhrzeit ein. Das Ergebnis war »null Treffer«. Sie weitete die Anfrage aus, suchte in den Fahrplänen nach Sonderzügen, nach Verspätungen, nach Güterzügen, die das Gleis vielleicht nur durchfahren hatten. Als das Ergebnis immer dasselbe blieb, nämlich »null Treffer«, machte sie sich Gedanken. Was, wenn der Hupton gar nicht vom Bahnhof gekommen war? Sie suchte in ihrem Handy nach dem Notruf von Hinweis Nummer eins und lauschte wieder und wieder der um Hilfe schreienden Frauenstimme. Auch dieses Mal ließ sie der Verdacht nicht los, dass ihr irgendetwas an dem Notruf bekannt vorkam. Nur was? Die Hilferufe wurden von einem lauten Rauschen gedämpft und es klang so, als würde die Frau in einem Kellerraum oder einem Verlies gefangen gehalten. Die Stimme schien von den Wänden zurückzuhallen. Und dann dieses Hupen. Wo hatte Trudy das nur schon einmal gehört? Der Linienbus nach Mistyfields konnte es nicht sein, da war sie sich sicher, und es war auch nicht der Shuttle-Bus der Academy. Doch je öfter sie das Hupen anhörte, desto mehr bekam sie so ihre Zweifel, dass dieser Ton überhaupt an einem Bahnhof aufgenommen worden war. Es war eher wie das Hupen von diesem Ausflugs…

Das war's! Trudy schlug sich mit der flachen Hand an die Stirn.

Wie der Blitz schoss sie in die Höhe.

Sie hatte das Rätsel um den Hupton geknackt und sie spürte, dass sie damit dem Lösungscode dieses Falles sehr nahegekommen war.

Wie selbstverständlich kletterte sie im Geheimgang zu Marlene hinab, um dieser ihre Entdeckung mitzuteilen.

Marlenes Augen weiteten sich mit jedem Wort, das Trudy ihr in die Hand schrieb, auf Suppenlöffelgröße.

»Und jetzt?«, schrieb Marlene zurück.

»Ich fahr zum Anleger«, antwortete Trudy via Lorm-Alphabet. »Kommst du mit?«

Marlene schüttelte den Kopf. Sie zeigte auf ihren Schreibtisch und all die Papierschnipselchen ihrer eigenen Recherche.

Gut, dachte Trudy, dann fahr ich eben allein. Und obwohl es draußen Bindfäden regnete, zögerte sie keinen Augenblick, sich umgehend, mit Regencape ausgerüstet, aufzumachen.

Der Weg zur Felsenküste hinaus schlängelte sich zunächst über die steinerne Brücke, die mit mächtigen Stelzenfüßen die Sümpfe überwand. Dahinter wurde der sandige Pfad zunehmend steiniger und man konnte nicht mehr unterscheiden, ob es der kalte Regen oder die an die nahen Klippen klatschende Gischt war, die einem die Nässe ins Gesicht sprühte.

Trudy bog nach links auf die schmale Uferstraße ab. Noch ein ganzes Stück fuhr sie weiter, immer die tief abfallende Steilküste entlang, bis sie den Anleger erreichte. Das hieß, der Anleger war einige Meter weiter unten, aber ein großes Schild über einem Tor wies ihr den Weg hinunter zum Steg.

Trudy war schon einmal hier gewesen. An einem

Herbsttag des vergangenen Jahres. Es war an einem der vielen Wochenenden, die sie bei Tante Rita verbracht hatte. Sie erinnerte sich auch noch gut an das urige Gasthäuschen inmitten der flachen Felsen, in dem sie warmen Apfelstrudel mit Vanillesoße gegessen hatten. Und wie gut dieser geschmeckt hatte, nach einer anstrengenden Bootstour entlang der Küste und vorbei an den zahlreichen Grotten.

Die steilen Stufen, die hinab zum Anleger führten, waren nass vom Regen und Trudy klammerte sich am Geländer fest. Schon lange bevor sie auf dem Steg unten ankam, sah sie das Ausflugsboot im unruhig tosenden Wasser der Meeresbucht schaukelnd auf und ab hüpfen. Heute würde niemand freiwillig eine Bootstour machen wollen und auch in dem kleinen Lokal war alles dunkel. Wer, außer Trudy, würde sich bei diesem Mistwetter auch schon hierher verirren? Cranesbill hatte wirklich schönere Cafés für solche Regentage zu bieten.

Trudy fotografierte das auf dem Wasser tanzende Boot und hoffte, dass irgendeine der vielen Aufnahmen etwas geworden war. Dann drehte sie sich um und machte Fotos von der kleinen Hütte. Sie konnte sich nicht helfen, aber auf einmal glaubte sie, hinter den winzigen Sprossenfenstern eine Bewegung gesehen zu haben. Einem Schatten gleich, nur für einen winzigen Moment.

Trudy schlich ans Haus heran und spähte durch die Scheiben hinein. Aber das salzige Wasser hatte das Fenster beinahe blind gemacht, und außerdem war es stockfinster in der Hütte. Sie musste sich getäuscht haben. Einen Augenblick lang zögerte sie noch, doch dann siegte ihr Spürsinn. Vorsichtig drückte Trudy die Türklinke hinunter. Welch eine Überraschung, als tatsächlich die Tür aufsprang.

»Hallo, ist hier jemand?«, hätte sie gerne gerufen, aber das war ihr natürlich streng verboten.

Der Gastraum lag dunkel und verlassen da. Trudy versuchte, das Licht anzuknipsen, doch offenbar hatte jemand den Strom abgestellt.

Plötzlich meinte sie, ein Rascheln gehört zu haben. Die Nackenhaare stellten sich ihr auf und Trudy ging Schritt für Schritt rückwärts zum Eingang.

Dann rannte sie los. Sie stürmte die in die Felsen eingelassene Treppe hinauf, rutschte mehr, als dass sie rannte, und schnappte mit einer einzigen Handbewegung nach ihrem Fahrrad. Sie drehte sich nicht um, sondern trat in die Pedale, als wäre jemand hinter ihr her. Und es war jemand hinter ihr her, das spürte sie deutlich.

Bei diesem Wetter dämmerte der Abend schon sehr früh. Als Trudy über die lange steinerne Brücke sauste, hatte sie alle Mühe, nicht vom Weg abzukommen und gegen die Begrenzungen links oder rechts zu donnern. Erst auf der Zufahrt zur Sherlock-Holmes-Academy drosselte Trudy das Tempo. Ihre Beine zitterten wie Wackelpudding, als sie das Fahrrad in den Schuppen schob.

Sie setzte sich auf den Sessel, auf dem sich eigentlich die Schüler niederließen, die einen falschen Code eingegeben hatten und dann darauf warteten, abgeholt zu werden.

Auf einmal polterte jemand in den Schuppen. Trudy sprang auf und kauerte sich hinter einen dicken Eichenbalken. Warum auch immer, ihr Spürsinn sagte ihr, dass sie sich besser verstecken sollte.

Doch es war kein Schüler, der seinen einzigen Versuch starten wollte, den Lösungscode zu knacken, sondern ein Lehrer. Und zwar nicht irgendein Lehrer. Es war der geheimnisvolle Mann aus dem Gästezimmer auf Trudys Flur.

Er hatte offenbar eines der Academy-Fahrräder geliehen. Seine dunklen Haare glänzten vor Regennässe, und während er den Fahrradschuppen wieder verließ, zog er eine nasse Tropfspur hinter sich her.

Trudy wartete noch einen Moment, dann schlich sie zu dem ebenso regennassen Fahrrad.

Na also. Zufrieden stellte sie fest, dass der Mann den Fahrradcomputer vergessen hatte. Eigentlich hätte er ihn bei Victor abgeben müssen.

Schnell drückte Trudy ein paar Tasten und schrieb in ihr Notizbuch, was der Fahrradcomputer ihr über die letzte Tour des Benutzers verriet. Dann beeilte sie sich, ins Haus zu kommen, denn sie zitterte vor Kälte.

Trudy ging gerade hastig den Flur entlang zu ihrem Zimmer, als sie Victor reden hörte. »Sir, ich benötige dringend den Fahrradcomputer«, sagte er, gewohnt höflich.

»Den was?«, fragte eine Stimme schnippisch zurück. Es musste der Lehrer sein, denn Victor stand vor seiner Zimmertür.

»Den Fahrradcomputer. Sie hatten sich doch für heute Nachmittag ein Academy-Fahrrad ausgeliehen. Daher bitte ich jetzt um die Rückgabe des Fahrradcomputers.«

Manchmal wunderte Trudy sich wirklich, wie Victor es schaffte, so höflich und ruhig zu bleiben.

»Und dafür stören Sie mich?«, blaffte der Mann Victor an, während Trudy sehr beschäftigt nach ihrem Zimmerschlüssel kramte. »Holen Sie sich doch einfach diesen verdammten Fahrraddingsda, wenn er für Sie so wichtig ist. Und lassen Sie mich jetzt endlich in Frieden.«

Mit einem lauten Knall warf er Victor die Tür vor der Nase zu.

»Tse«, machte Victor empört und wandte sich kopfschüttelnd zum Gehen.

Trudy aber huschte lautlos in ihr Zimmer und tat so, als hätte sie von der ganzen Unterhaltung nichts mitbekommen. In Wahrheit aber konnte sie es gar nicht abwarten, die Daten aus dem Fahrradcomputer dieser dreisten Person zu überprüfen.

Marlenes eigener Fall

Es klopfte unter der Bodenklappe in ihrem Kleiderschrank, kurz nachdem Trudy die Zimmertür hinter sich geschlossen hatte. Augenblicke später kletterte Marlene in Trudys Zimmer.

»Und?«, fragte sie in Geheimsprache.

Trudy zuckte mit den Schultern und schaltete den Computer ein. Dann zog sie die Speicherkarte aus ihrer Kamera und öffnete die Fotos, die sie vorhin am Anleger gemacht hatte.

Wie befürchtet, waren die meisten Aufnahmen verwackelt, sodass man nichts darauf erkennen konnte. Doch auf einigen wenigen war zum Glück das Ausflugsboot und das Haus in den Klippen erkennbar.

Marlene sah ihr fasziniert dabei zu. Dann schrieb sie auf einen Zettel, der auf Trudys Schreibtisch lag: »Und? Welche Info hast du dort bekommen?«

Hmm, Trudy dachte nach. »Noch keine. Ich muss das alles erst genau auswerten«, notierte sie auf dem Blatt. »Und du?«

»Ich bin auf heißer Spur«, antwortete Marlene in ziemlicher Krakelschrift.

»Wieso?«, hakte Trudy schnell nach und schrieb dazu: »Gab es einen neuen Hinweis?«

Marlene schüttelte den Kopf.

»Einen entscheidenden Anruf im Moosbeerhaus?«

Wieder verneinte Marlene.

»Was hast du herausgefunden?«, kritzelte Trudy so schnell aufs Blatt, dass Marlene es kaum lesen konnte.

Doch Marlene lächelte nur entschuldigend, legte den Stift weg und winkte Trudy zum Abschied zu.

Entsetzt sah Trudy ihrer Freundin nach, wie sie durch den Kleiderschrank im Geheimgang nach unten verschwand. Zum ersten Mal, seitdem sie Freundinnen waren, verschwieg Marlene ihr etwas.

Noch eine ganze Weile saß Trudy grübelnd am Schreibtisch, kaute auf dem Stiftende herum und sah dem Regen dabei zu, wie er sich in tiefen Pfützen auf dem sumpfigen Rasen im Schlossgarten sammelte.

Nach einer gefühlten Ewigkeit warf sie den Stift in hohem Bogen zurück auf den Tisch und machte sich an ihre eigene Recherche.

Welchen Grund Marlene auch immer hatte, ihr nicht alles zu erzählen, sie würde es früher oder später herausfinden.

Trudy brütete stundenlang über den Fotos, ihren

Notizen und den Aufgaben aus den Hinweisen. Als ihr die Augen gegen Mitternacht beinahe zuklappten, ging sie schlafen, ohne der Lösung auch nur einen einzigen Schritt näher gekommen zu sein.

Am frühen Morgen wurde sie von einem Geräusch auf dem Flur geweckt. Der Mann aus dem gegenüberliegenden Zimmer machte sich wieder auf den Weg durch die im Tiefschlaf liegende Academy. Und das bedeutete für Trudy, dass sie ihm erneut folgen würde.

Sein Ziel war wie gestern der Flur ein Stockwerk tiefer. Doch dieses Mal leuchtete seine Taschenlampe nur ein einziges Mal auf. Sekunden später hörte Trudy seine leise schlurfenden Schritte zurückkommen und sie hechtete mit einem Satz unter den halbrunden Wandtisch.

Als sie sicher war, ungesehen aus ihrem Versteck herauskriechen zu können, machte sie sich auf den Weg zu Marlenes Zimmertür. Warum auch immer, sie wusste instinktiv, dass der merkwürdige Kauz genau dorthin gegangen war.

Im Flur war es dunkel, mit Ausnahme der blassen Nachtlichter, die auf Knöchelhöhe leuchteten. Vielleicht sah Trudy es deshalb sofort?

Unter Marlenes Zimmertür blitzte die Ecke eines weißen Zettels hervor. Vorsichtig zupfte Trudy an dem Brief, als die Zimmertür mit einem Ruck aufgerissen wurde. Ihre beste Freundin stand dort, mit zerzaustem Haar und im karierten Academy-Pyjama, nahm den Brief hastig an sich und blitzte Trudy mit wütendem Blick entgegen. Es war ein Zorn in ihrem Gesichtsausdruck, der sagte: Wag es ja nicht, meine Post zu lesen oder in meinen Angelegenheiten herumzuschnüffeln!

Erschrocken wich Trudy einen großen Schritt zurück. Was war denn in Marlene gefahren? Sie hatten doch sonst keine Geheimnisse voreinander. Trudy streckte ihre Hand aus, um Marlene etwas mitzuteilen, aber anstatt ihr die Handfläche zu reichen, schloss Marlene nur kopfschüttelnd die Zimmertür.

In der ersten Stunde, nachdem Marlene sie so schroff abgewiesen hatte, hätte Trudy am liebsten geweint. Doch dann siegten ihr Verstand, ihr Spürsinn und ihre Neugier. Also schön. Marlene hatte offenbar beschlossen, dass von nun an jeder für sich weiterforschen sollte. Und genau das würde sie nun auch tun.

Punkt sieben Uhr machte Trudy sich auf den Weg zum Frühstück.

Sie sah es schon von Weitem: Hinweis Nummer fünf. Eigentlich war es kein richtiger Hinweis, denn er unterschied sich deutlich von den vier Hinweisen zuvor. Er besagte nämlich Folgendes:

Der Kontakt zu den Entführern ist abgerissen.
Die Polizei steht vor einem Rätsel. Die Familie des Entführungsopfers hat beschlossen, einen Privatermittler einzuschalten. Den besten. Den Sieger der Highlandgames der Jungspione.

Trudy fotografierte den Aushang und schnappte sich vom Frühstücksbuffet schnell eine Scheibe Toast, bevor sie sich mit dieser wichtigen Information auf den Weg zurück in ihr Zimmer machte. Sie war gerade aus dem Speisesaal in den Flur getreten, als sie in der Eingangshalle Frau Korn ziemlich laut sagen hörte: »Guten Morgen, Marlene. Du bist aber früh dran.«

Trudy beugte sich über die Brüstung. In der Tat. Dort unten stand ihre beste Freundin, in ihren Trenchcoat gehüllt, auf dem Weg nach draußen. Um exakt vier Minuten nach sieben.

Eine Mischung aus Wut und Angst kroch Trudy

durch die Adern. Was war nur plötzlich in Marlene gefahren, dass sie auf eigene Faust ermittelte? Hoffentlich brachte sie sich selbst nicht in Gefahr. Einen kurzen Augenblick lang dachte Trudy darüber nach, Marlene zu folgen. Aber dann verwarf sie die Idee wieder. Sie war schließlich nicht Marlenes Kindermädchen.

Dummerweise kam gerade in diesem Moment Violetta um die Ecke. Ein Blick auf die allein die Academy verlassende Marlene und die am Treppengeländer wartende Trudy reichte ihr wohl, um die Lage zu überschauen. Das hämische Grinsen, das sie Trudy daraufhin zuwarf, reichte von einem Ohr bis zum anderen.

Mit ordentlich Wut im Bauch stapfte Trudy zurück in ihr Zimmer. Sie würden ein ernstes Wörtchen miteinander reden müssen. Sie und Marlene. Wenn das Turnier vorbei war. Aber dafür musste sie nun selbst schleunigst weiterermitteln, denn der heutige Hinweis enthielt eine wichtige Botschaft: Es würde nun keine weiteren Hinweise mehr geben. Sie hatten alle Informationen bekommen, die sie zur Lösung benötigten.

Als Erstes schaltete Trudy ihren Computer ein und öffnete eine Landkarte im Internet. Sie suchte nach dem Wollmoor und ließ dann den Laptop die Route von der Sherlock-Holmes-Academy bis zum Bootsanleger berechnen.

5,3 Kilometer spuckte der als Entfernung aus.

Trudy kramte nach dem kleinen Notizblock. Dort, auf der ersten Seite, standen die Daten aus dem Fahrradcomputer, den der Lehrer im Zimmer gegenüber gestern benutzt hatte.

Insgesamt gefahrene Kilometer: 239,4
Heute gefahrene Kilometer: 10,6

»Aha!«, hätte Trudy um ein Haar laut gerufen. Das konnte nur eins bedeuten. Dieser merkwürdige Mann war gestern auch am Bootsanleger gewesen. 5,3 Kilometer hin, 5,3 Kilometer zurück, machte genau 10,6 Kilometer. Und an Zufälle glaubte Trudy Taff nicht.

Schnick-Schnack-Schnuck

Marlene kam nicht zurück.

Die Türen von Trudys Kleiderschrank standen weit offen und immer wieder lauschte sie in die Tiefe. In die gespenstische Stille unter ihr.

Sie beruhigte sich mit der Vorstellung, dass Marlene bestimmt nach Hause gefahren war, und machte sich an die Detektivarbeit. Der heutige Hinweis besagte ja, dass sie alle nötigen Informationen beisammenhatte. Nun musste sie nur noch die Einzelteile zu einem Puzzle zusammenfügen.

Nur!, seufzte sie innerlich und holte ein großes Blatt Papier aus ihrer Schreibtischschublade. Trudy hockte mitten im Zimmer auf dem Fußboden und malte und schrieb alles auf, was sie wusste.

Lasst Horte und Orte Worte sein.

Ein Hort war laut Lexikon entweder ein Ort zur Betreuung von Kindern oder ein Ort zum Schutz von Bedürftigen, aber auch ein Ort zum Schutz von geistigen Werten und Idealen. Demnach konnte auch eine Person ein Hort sein. Ein Obdach, ein Zufluchtsort oder ein Schatz wurden ebenfalls als Horte bezeichnet. Also notierte Trudy Hinweis für Hinweis:

Akte: A-MI und der Hupton

Schon während sie das aufschrieb, bemerkte sie den Fehler. Der Hupton war an dieser Stelle nicht gemeint, sondern die Person, die ihnen den Fall in der Akte vorgestellt hatte. CI Johnson. Der Hüter oder, besser gesagt, der Hort des Kriminalfalls. Also verbesserte sie:

Lasst Horte und Orte Worte sein.

1. Akte: A-MI + CI Johnson
2. VI-Bank of Scotland + Schließfach Nummer T-IU
3. das Moosbeerhaus (MBH) + das Haus in den Klippen
4. Telefongesellschaft TuM (Telekom united, Mistyfields)

Trudy sprang auf und sah sich die Fotos auf ihrem Handy wieder und wieder an. Besonders das Foto von der Geldübergabe studierte sie genau. Jenes Bild, das allen Schülern bekannt war. Noch immer ärgerte sie sich über Violetta und Evie, wenn sie die Fotografie betrachtete. Plötzlich aber kam ihr etwas anderes auf dem Bild sonderbar vor. Schnell holte sie die Lupe aus ihrer Detektivtasche und betrachtete das Nummernschild des Mini ganz genau. Tante Rita hatte nämlich ein besonderes Nummernschild. MI-NI 66. Dass dieses Nummernschild möglich war, hatte sie dem glücklichen Umstand zu verdanken, dass sie im Landkreis Mistyfields wohnte. Die 66 stand für ihr Geburtsjahr, wie sie Trudy einmal verraten hatte.

Trudy drückte fast ihre Nase am Bildschirm platt, weil sie die Buchstaben auf dem Nummernschild nicht vollständig entziffern konnte. Sie konnte lediglich M-NI erkennen. Die restlichen Ziffern waren wie ausradiert. Und dann hatte sie einen Verdacht. Es war in Hinweis Nummer drei nicht das Moosbeerhaus, sondern Tante Ritas Mini gemeint, mit dem sie den Geldkoffer abgeholt hatte. Und genau mit diesem Fahrzeug würde sie auch die Geldübergabe an die Erpresser vornehmen. Dass einige Buchstaben auf dem Bild nicht zu erkennen waren, war kein Zufall. Die lesbaren Buchstaben gehörten zum Lösungscode. So strich Trudy das Moosbeerhaus durch und trug stattdessen M-NI in ihre Liste ein. Wenn sie nun die überflüssigen Wörter aus der Lösung wegstrich, dann erhielt sie folgenden Code:

A-M + CI Johnson, VI-Bank of Scotland + T I-U, M-NI + das Haus in den Klippen, TuM

Sie schwärzte weitere Wörter und verdoppelte das U im Namen der Telefongesellschaft, denn das hatte der Hinweis ihr ja aufgetragen. Plötzlich stand auf ihrem Blatt:

A-MI CI, VI TI-U, M-Ni, das Haus in den Klippen, TuuM

»Amici vitium ni …«, flüsterte Trudy und schlug sich schnell die Hand auf den Mund.

Dann ließ sie sich hintenüberfallen, denn sie war einer Ohnmacht nah. Sie wusste es! In dieser Sekunde wusste Trudy, dass sie das Rätsel geknackt hatte. Sie, Trudy Taff, Schülerin des ersten Jahres der Sherlock-Holmes-Academy hatte den Lösungscode herausgefunden. Sie hätte gleich losstürmen und den Satz eingeben können, so sicher war sie. Nicht ein einziger Zweifel schoss ihr durch den Kopf, dass sie falsch liegen könnte.

Und doch. Sie holte »Ursprung der Kriminalistik« aus ihrem Regal und blätterte in den ersten Seiten hin und her. Da. Da stand er, der lateinische Satz, den sie erst vor wenigen Tagen im Zug nach Mistyfields immer wieder gelesen hatte. Weil er ihr so gut gefiel. Und weil sie sich bei dem Gedränge im Zug nicht hatte konzentrieren können, schon gar nicht auf lateinische Weisheiten.

Amici vitium ni feras, facis tuum. (Syrus, Maxims)

Darunter stand, vom Autor erklärt:

Dieser Satz wird in zwei verschiedenen Versionen übersetzt. Einmal mit: »Wenn du die Verbrechen eines Freundes deckst, machst du dich selbst schuldig.« Die zweite Übersetzung lautet: »Wenn du die Fehler eines Freundes duldest, verrätst du dich selbst.« Diese beinahe zweitausend Jahre alte Weisheit hat bis heute nichts von ihrer Bedeutung verloren. Wir machen uns mitschuldig, wenn wir einen Freund decken, der ein Verbrechen begeht. Und wir sind nicht stark, wenn wir die Fehler eines Freundes ertragen. Im Gegenteil. Einem Freund die Wahrheit zu sagen, auch wenn es schmerzt, das ist die eigentliche Stärke und sollte vor allem für angehende Ermittler eine Grundeigenschaft sein.

Mit einem leisen Knall klappte Trudy das Buch zu und stellte es zurück ins Regal. Bliebe also nur noch eines zu klären …

Sie sah sich noch einmal eingehend die Fotos an, die sie am Anleger gemacht hatte. Man musste schon sehr genau hinsehen, um die Namen des Ausflugsbootes und des Hauses in den Klippen zu erkennen. Das Boot hieß »Küstenliebe II« und Trudy fragte sich, was mit »Küstenliebe I« wohl geschehen war.

An dem Haus in den Klippen stand in geschwungenen Leuchtbuchstaben »Ferienhaus Francis«. Aber das zu entziffern war meisterdetektivische Höchstleistung. Die Hälfte der Buchstaben war nämlich nicht beleuchtet. Trudy lehnte sich zurück. Sie schloss die Augen, um nachzudenken. Dann riss sie sie wieder auf, weil der letzte Groschen gefallen war: Die in der Dunkelheit des Regentages kaum sichtbaren Buchstaben waren absichtlich nicht beleuchtet. »Feras Facis« bildeten die hell glühenden Buchstaben vor dem grauen Aprilhimmel, und damit war es bewiesen. Trudy hatte das Rätsel tatsächlich geknackt.

Sie schrieb den Lösungssatz auf einen kleinen Notizzettel und wollte sich soeben auf den Weg machen, das Turnier zu gewinnen, als ein Stockwerk tiefer die Tür zu Marlenes Zimmer geöffnet wurde.

Trudy verschob den sicheren Sieg um ein paar Minuten und kletterte die Strickleiter im Geheimgang hinab. Doch es war nicht Marlene, die zurückgekehrt war.

»Sind Sie ganz sicher, dass es sich nicht um einen Streich der Schüler handelt, Frau Lund?«, fragte Isolde Korn, die Schulleiterin der Sherlock-Holmes-Academy, soeben Marlenes Mutter. Trudy hielt auf halbem Weg im Geheimgang inne.

»Frau Korn!«, ereiferte sich eine Männerstimme, die Trudy sogleich als die von Herrn Lund identifizierte. »Sehen wir so aus, als machten wir Witze?«

»Nein, natürlich nicht«, gab Frau Korn daraufhin kleinlaut zu.

»Aber wer?«, rief Herr Berwick von der Turnierleitung. »Wer soll Ihre Tochter denn entführt haben?«

»Wenn wir das wüssten, würden wir nicht hier herumstehen und wertvolle Zeit verplempern«, blaffte Herr Lund ziemlich wütend zurück.

»Ich kann mir das nicht erklären«, jammerte jetzt Frau Korn.

»Bitte, Frau Korn. Lassen Sie uns nun unsere Arbeit tun. Wir werden Marlenes Zimmer durchsuchen und danach mit ihrer besten Freundin Trudy sprechen. Stellen Sie sicher, dass diese im Haus ist«, kommandierte Frau Lund mit zittriger Stimme.

Das reichte. Trudy hatte genug gehört. Außerdem schlotterten ihre Beine nach diesem Schreck so sehr, dass sie sich nicht länger auf der Strickleiter halten konnte.

Marlene war entführt worden!

Und sie hatte auch schon einen Verdacht, wer dahinterstecken könnte.

Bevor Frau Korn sie zum Gespräch mit Marlenes Eltern abholen konnte, machte Trudy sich still und heimlich davon.

Sie schlich in den Fahrradschuppen. Ein oder zwei Herzschläge lang dachte sie darüber nach, was geschehen würde, wenn sie den Lösungssatz in die Tastatur eingab. Dort, hinter dieser Tür, schlummerte der sichere Sieg.

Dann fiel ihr Blick auf das Fahrrad und sie fühlte sich hin- und hergerissen.

Wenn Marlene tatsächlich entführt worden war, dann zählte jede Minute. Sie hatte keine Zeit zu verschenken, höchstens den Sieg.

»Schnick-Schnack-Schnuck«, sagte sie in Gedanken. Der tiefe Wunsch, das Turnier zu gewinnen und damit eine unvergessliche Praktikumswoche bei Scotland Yard verbringen zu dürfen, kämpfte gegen die Sorge um ihre Freundin Marlene. Die linke Hand ballte sie zur Faust und die rechte Hand streckte sie flach aus.

Tut mir echt leid für Scotland Yard, auf diese Spitzenpraktikantin verzichten zu müssen, aber Papier umwickelt den Stein, dachte Trudy erleichtert und ihre rechte Hand umfasste die linke.

Die Entscheidung war gefallen.

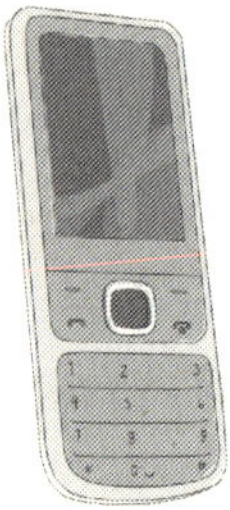

Küstenliebe

Amici vitium ni feras, facis tuum.
Wenn du die Fehler eines Freundes duldest, verrätst du dich selbst.

Während Trudy kräftig in die Pedale trat, ging ihr dieser Satz nicht aus dem Kopf. Ja, sie würde sich selbst verraten, wenn sie Marlene nicht aus der Patsche half. Auch wenn diese durch ihre eigene Sturheit dort hineingeraten war.

Es war ein ebenso grauer Apriltag wie gestern. Aber es regnete nicht. Heute zogen die schweren Wolken schnell mit dem Wind davon und zeichneten dabei ständig neue Wolkenbilder. Trudy passierte die lange steinerne Brücke und bog nach einem weiteren Kilometer, genau wie am Tag zuvor, nach links ab Richtung Bootsanleger. Der Küstenweg war schmal und immer wieder machte Trudy gefährliche Schlenker nah an den Abgrund heran. Die letzten hundert Meter schob sie ihr Fahrrad, denn an diesem Wegstück war der schützende Zaun nur noch bruchstückhaft vorhanden.

Als sie an der Treppe ankam, die hinunter zum Bootsanleger und zum Haus in den Klippen führte, fand sie gut getarnt zwei Fahrräder im Gras liegen. Das eine

Fahrrad gehörte der Sherlock-Holmes-Academy, das andere Marlene.

»Marlene«, jammerte Trudy und es war ihr egal, dass sie es ziemlich laut gesagt hatte. Sollte sie doch jemand beim Reden erwischen, das war ihr inzwischen schnuppe. Was war schon ein Turniersieg gegen das Leben der besten Freundin?

Trudy packte ihr Fernglas aus und versuchte sich einen Überblick über den Bootsanleger und das Haus in den Klippen zu verschaffen. Nichts und niemand war zu sehen. Doch das war ein Trugschluss, denn allein die Fahrräder verrieten ihr, dass Marlene und ihr Entführer in der Nähe sein mussten. Trudy war jedoch nicht so dumm, die Treppen hinabzusteigen und dem Entführer in die Arme zu laufen.

Sie legte sich im Schutz eines Felsens auf die Lauer. Schon vierzehn Minuten später wurde ihre Geduld belohnt.

Es bewegte sich etwas auf dem Schiff. Das war aber nicht daran zu erkennen, dass das Schiff schaukelte, denn das tat es im wild tanzenden Wasser sowieso, nein, sie konnte etwas Konkretes durch das Fernglas beobachten: Ein Mann lief über das Boot. Nicht irgendein Mann, es war, wie Trudy vermutet hatte, der merkwürdige Lehrer aus dem Zimmer gegenüber.

Die »Küstenliebe II« war ein flaches Boot, dessen Rumpf vorne hochgezogen war. Es war ein einfaches Boot, das hinten ein großes überdachtes Besucherdeck hatte und nur vorne eine richtige Schiffskabine. Von diesem Raum aus steuerte der Bootskapitän das Schiff und dort saß auch immer die Dame hinter einer kleinen Theke, die das Geld für die Schiffstouren kassierte. Normalerweise. An Tagen, an denen das Meer ruhig war und die Menschen Lust auf eine Bootstour verspürten.

Nun aber beobachtete Trudy, wie sich die Kajütentür von innen öffnete und nicht der Kapitän, sondern der verdächtige Lehrer herauskam. Er schlängelte sich zwischen den leeren Bänken hindurch zum hinteren Ende des Bootes, um auf den Steg zu klettern.

Was hatte er vor? Und wo war Marlene?

Der Mann lief auf dem schmalen, längs am Felsen befestigten Bootssteg auf und ab und telefonierte. Das hieß, er versuchte zu telefonieren. Trudy hörte, wie er immerzu »Hallo, hallo!« ins Handy brüllte und ungeduldig aufs Display klopfte. Dann kletterte er zurück aufs Boot. Doch er ging nicht zur Kajüte, sondern setzte sich auf das Besucherdeck und zündete sich eine Zigarette an.

Trudy dachte nach. Wenn sie richtig kombinierte,

dann hatte dieser Mann ihre Freundin Marlene in seiner Gewalt. Höchstwahrscheinlich war Marlene in dieser Schiffskabine gefangen. Zudem war sich Trudy ziemlich sicher, dass der Mann allein war.

Sie suchte in ihrem Handy nach der Telefonnummer von Marlenes Mutter.

»Lund«, meldete diese sich schon nach dem ersten Klingeln.

»Trudy Taff hier.« Es war ein seltsames Gefühl, nach vier Tagen wieder zu sprechen. Sie musste sich keine Sorgen machen, dass der Entführer sie hören konnte, denn sie hatte hier oben bei dem stürmischen Wind sogar Schwierigkeiten, ihre eigene Stimme zu hören.

»Trudy!«, rief Frau Lund ungeduldig. »Wo steckst du? Wir suchen dich, denn wir …«

»Ich weiß schon alles«, unterbrach Trudy sie.

»Ja?« Marlenes Mutter war überrascht.

»Und ich weiß auch, dass der Entführer Sie vor genau drei Minuten angerufen hat. Das heißt, er hat es versucht, aber die Verbindung war zu schlecht.«

»Richtig«, gab Frau Lund verblüfft zu. Dann schrie sie aufgeregt: »Trudy Taff! Du sagst uns jetzt sofort, wo du steckst!«

»Klar, das mache ich gleich. Dauert nicht mehr

lange.« Trudy nickte heftig, auch wenn Frau Lund das gar nicht sehen konnte. Selbstverständlich brauchten Marlene und sie die Hilfe der Polizei. Das hier war kein Kinderspiel und auch kein Teil der Highlandgames. Das hier war todernst.

»Truuudy! Was hat das zu bedeuten?«, rief nun Herr Lund in den Hörer.

»Das bedeutet, dass der Entführer Sie sofort wieder anrufen wird. Wieder und wieder. Er will Ihnen ja scheinbar etwas mitteilen. Tun Sie so, als könnten Sie ihn nicht verstehen. Bitte …« Trudy blickte konzentriert die steile Treppe hinab zum Bootsanleger. Die »Küstenliebe II« war vorne und hinten mit Tauen am Steg festgemacht. »… ich brauche etwa drei Minuten.« Dann legte sie auf und schaltete ihr Handy aus. Sicher war sicher. Ein verräterischer Anruf auf ihrem Handy könnte die einmalige Gelegenheit, Marlene unversehrt zu retten, zunichtemachen.

Sie huschte die Treppe hinab und ließ den Mann dabei nicht aus den Augen. Doch zum Glück saß er halb mit dem Rücken zu ihr und blickte hinaus auf die Wellen, die das Meerwasser an Felsen und Bootswand klatschen ließen.

Trudy war gerade unten angekommen, als der Mann aufstand und die Zigarettenkippe ins Meer schnipste.

Sie kauerte sich vorne neben dem Schiffsbug in eine Felsspalte und wartete.

Tatsächlich.

Der Mann kletterte wieder auf den Steg. Er drückte das Handy ans Ohr und ging nervös auf und ab. Trudy rutschte noch tiefer in die Felsöffnung.

»Ja, Frau Lund?«, schrie der Mann plötzlich, als er offenbar Empfang hatte. »Frau Lund? Hallo?«

Trudy drückte sich selbst die Daumen.

»Hallo?«, rief der Mann, fluchte leise, wählte neu und brüllte: »Hallo, hören Sie mich?«

»Ja, gut«, sagte er irgendwann erleichtert. »Ich habe Ihre Tochter … Ihre Tochter, sagte ich. Ich habe Ihre Tochter.« Der Mann trat wütend gegen die Schiffsplanke. »Ihre Tochter, Tooooch-teeeer!«

Dann schüttelte er heftig den Kopf, gab fluchend auf und stellte das Handy aus. Er war schon auf dem Weg zurück aufs Boot, als er sich umsah.

Trudy hielt die Luft an.

Bitte, bitte, dachte sie. Bitte.

Und? Er tat ihr den Gefallen. Der Mann sprang mit einem weiten Satz zurück auf den Steg und lief schnurstracks an Trudy vorbei die schmale Treppe die Klippen hinauf.

Das war ihr Plan gewesen. Mit Sicherheit vermutete

er, dass er dort oben einen besseren Empfang haben würde.

Trudy wartete, bis der Mann ungefähr auf halber Höhe war. Nicht ein Mal hatte er sich umgedreht. Wozu auch? Außer der in der Kajüte eingesperrten Marlene vermutete er hier unten ja niemanden. Das war die Gelegenheit. Die einzige, die Trudy bekommen würde. So viel war sicher.

Sie schoss hinter der Felsspalte hervor und warf das Ende des Taus, mit dem das Boot vorne an einem Pflock festgemacht war, ins Wasser. Dann sauste sie auf die andere Seite des Ausflugsbootes und löste das zweite Tau. Die kleine Rampe wackelte gefährlich, da das Boot in der unruhigen See sofort abtrieb. Trudy war gerade über die Bootsplanke gesprungen, als die Rampe mit einem fürchterlichen Getöse auf den Steg knallte.

Ein kurzer Blick die Klippen hinauf sagte ihr, dass der Mann sie gehört hatte. Er sah entsetzt zum Boot hinunter und stürmte los, die schmale Treppe zum Anleger hinab. Eigentlich flog er die Stufen mehr hinunter, als dass er lief.

Trudy sah ihn bedrohlich schnell näher kommen und fürchtete, dass er mit einem weiten Sprung das Boot noch erreichen konnte. Sie sah sich suchend um und nahm dann den kleinen Fahnenmast, der an Deck lag, und stieß das Boot mithilfe dieser Stange weiter und weiter vom Ufer ab.

»Hey, du!«, brüllte der Mann, als er am Fuß der Treppe außer Atem ankam. »Warte! Hörst du?«

Noch ein kräftiger Schubs vorne, ein zweiter am hinteren Teil des Bootes, und dann war Trudy sich sicher, dass sie ausreichend Abstand zum Entführer hatten. Sie und ihre beste Freundin Marlene, die von ihrer Rettung noch gar nichts wusste.

Der Mann tobte vor Zorn. Er raufte sich die Haare, warf Trudy sogar sein Handy hinterher, stampfte mit den Füßen auf und rannte wild fluchend den Steg auf und ab, wie ein Tiger im Käfig. Plötzlich schien er zu begreifen, dass er verloren hatte, und setzte eilig zur Flucht an.

Trudy aber sprang in wenigen Schritten zur Kajüte.

»Marlene«, schluchzte sie bei dem sich ihr bietenden Anblick auf und hatte wahrlich Mühe, nicht zu heulen. Die arme Marlene saß gefesselt auf dem Kapitänsstuhl. Der Mann hatte ihr sogar ein Tuch stramm vor den Mund gebunden.

»Trudy, ist mir schlecht«, jammerte Marlene, als ihre Freundin sie losband. Marlene sah grauenvoll aus. Ihr Gesicht war bleich und fahl. Kein Wunder, dachte Trudy mitleidig. Bei dem Geschaukel musste einem ja übel werden. Sie hatte kaum die Fesseln gelöst, als Marlene zur Reling lief und sich übergab.

Das war der Moment, in dem Trudy ihr Handy aus der Tasche zog, es einschaltete und Frau Lund anrief.

»Frau Lund? … Ja, Trudy Taff hier … Sie können uns jetzt abholen … Wen? Na, Marlene und mich. Das heißt … die Polizei hat doch hoffentlich ein Küstenboot …?«

Fremde Federn

Selbstverständlich hatte die Polizei ein Küstenboot, und sie kam nicht allein. Mit von der Partie war der Kapitän der »Küstenliebe II«, der als Erstes an Bord kletterte und das Schiffskommando übernahm. Dann stieg Frau Lund hinüber und schloss abwechselnd ihre Tochter und Trudy unter Tränen in die Arme. Der Motor des Ausflugsbootes brummte auf und sie tuckerten Richtung Anleger zurück. Das Polizeiboot aber sauste zurück durch die Bucht, hinaus aufs offene Meer.

»Und?«, fragte Trudy neugierig.

Sie hatte nämlich gleich nach dem erlösenden Anruf ein zweites Mal bei Frau Lund angerufen, sich entschuldigt, dass sie etwas Dringendes vergessen hatte, und ihr dann mitgeteilt, dass ihnen auf dem Weg zum Bootsanleger ein etwa vierzigjähriger Mann auf einem Academy-Fahrrad entgegenkommen würde. Und sie diesen Mann besser in Polizeigewahrsam nehmen sollten.

»Alles paletti«, antwortete diese, was alles sagte.

Als sie am Bootssteg anlegten, fing Isolde Korn das

Tauende auf und befestigte die »Küstenliebe II«. Dann schob sie die Rampe ans Schiff und nahm sie alle nacheinander in Empfang.

Zuerst Trudy, der sie kopfschüttelnd einen ernsten Blick zuwarf. »Kind, Kind«, fiel ihr dazu nur ein.

Dann kam Frau Lund und führte die immer noch bleich aussehende Marlene an Land.

»Kinder, Kinder!«, rief Frau Korn noch bestimmt zwanzig Mal, als wäre sie ein Anrufbeantworter, den man immer wieder zurückspulte.

Sie stiegen hintereinander die Treppen hinauf, warfen Trudys und Marlenes Fahrrad in den kleinen Schulbus und brausten zurück in die Sherlock-Holmes-Academy. Schon von Weitem sah man all die Fahnen im Sturm wie wild tanzen, als wollte der Wind so lange an ihnen zerren, bis sie mit ihm davonflogen. Dahin, wo auch immer der Wind hingehen mochte.

Frau Lund, die vorne neben Frau Korn saß, drehte sich augenzwinkernd zu den Mädchen herum, als sie sagte: »Natürlich zählt das, was die Mädchen in dieser Ausnahmesituation zur Rettung meiner Tochter gesprochen haben, nicht als Regelverstoß, nicht wahr, Frau Korn?«

»Selbstverständlich nicht!«, rief Isolde Korn zurück, empört über diese überflüssige Frage.

Da erinnerte Trudy sich auch wieder an das Turnier und an den Lösungscode in ihrer Rocktasche. Doch sosehr sie auch nach dem Zettel kramte, sie konnte ihn einfach nicht finden. Während sie vergeblich nach der kleinen Notiz suchte, beobachtete Frau Korn sie im Rückspiegel. Irgendwo zwischen Fahrradschuppen und »Küstenliebe II« musste sie ihn verloren haben.

Egal, dachte sie, als sie durch das Schlosstor fuhren. Den Lösungssatz konnte sie auch auswendig in die Tastatur eingeben. Der Academy-Shuttle war noch nicht ganz zum Stehen gekommen, da sprang Trudy auch schon hinaus und stürmte ins Nebengebäude, sauste an den Fahrrädern vorbei und …

Staunte.

Die Tür stand sperrangelweit offen, der Kartenleser und die Tastatur waren entfernt worden. Was hatte das zu bedeuten?

»Du warst es! Du hast die Lösung herausbekommen, richtig, Trudy Taff?«, fragte Frau Korn, die ihr gefolgt war. »Du und nicht Violetta!«

Entsetzt drehte Trudy sich um. »Violetta?«, rief sie erschrocken und ahnte sofort, was passiert sein musste. Violetta hatte ihren Notizzettel mit der Lösung gefunden! Trudy sah Frau Korn fassungslos an, dann nickte sie stumm und kämpfte gegen die Tränen an, die ihr unvermittelt in die Augen schossen.

»Sag mir die Lösungsformel«, flüsterte die Schulleiterin leise und legte ihr tröstend die Hand auf die Schulter.

»Amici vitium ni feras, facis tuum«, antwortete Trudy mit tränenerstickter Stimme, dann stürzte sie aus dem Nebengebäude, rannte quer über den Rasen, stürmte, als wären mindestens zehn Entführer hinter ihr her, durch die Academy und warf sich in ihrem Zimmer heulend aufs Bett. Es war eine Sache, den Sieg zu verschenken, um seine beste Freundin zu retten, aber es war etwas anderes, dass ausgerechnet die Oberzicke Violetta die Chance genutzt hatte, ihr den Sieg zu rauben. Die Person, die die ganze Zeit ein solch unfaires Spiel mit ihr getrieben hatte.

Als die Tränen langsam versiegten, setzte Trudy sich auf die Fensterbank. Ihr Lieblingsplatz, für den sie sogar ein schmales Samtkissen genäht hatte, tröstete sie. Denn obgleich für sie gerade eine ganze Welt einstürzte, hatte sich doch nichts da draußen in der Zwischenzeit verändert. Die Birken zappelten lustig im Wind, die Wetterfahne auf dem Dach der Sherlock-Holmes-Bibliothek, die die Form eines Buches hatte, drehte sich so schnell wie ein Propeller, und Victor schimpfte gerade mit zwei Schülern, die die Abkürzung über den heiligen Rasen genommen hatten.

Ein verhaltenes Klopfen schreckte Trudy aus ihren Gedanken. Frau Lund kam herein und schloss leise die Tür hinter sich.

»Ich hab schon alles gehört«, sagte sie verständnisvoll und wischte Trudy die letzten Tränen fort. »Es tut mir wirklich sehr leid für dich. Aber für meine Tochter macht es mich sehr glücklich.«

»Wie?«, fragte Trudy, zog ihre Knie eng an den Oberkörper und umschlang sie mit beiden Armen.

»Eine bessere Freundin hätte ich meiner Tochter nicht wünschen können«, erklärte Frau Lund und strich Trudy lächelnd eine schwarze Haarsträhne aus dem Gesicht. »Danke, Trudy Taff. Danke. Mehr habe ich nicht zu sagen.«

Sie wollte gerade das Zimmer verlassen, als Trudy sie zurückrief.

»Frau Lund? Wer war dieser Mann, der Marlene entführt hat. Ein Lehrer war er doch sicherlich nicht?«

Marlenes Mutter hielt bereits die Türklinke in der Hand, als sie sich mit ernster Miene zu Trudy herumdrehte. »Nein, er war kein Lehrer. Er hat die Highlandgames der Jungspione genutzt, sich hier einzuschleichen. So viele fremde Lehrer, da verliert man schon mal den Überblick. Die Turnierleitung wird sich für das nächste Turnier bessere Sicherheitsvorkehrungen ausdenken müssen. Und unter uns: Eine gefälschte Chipkarte zu erhalten, ist in diesen Verbrecherkreisen kein Problem.«

»Aber warum? Warum hat er ausgerechnet Marlene entführt?«, fragte Trudy neugierig.

Frau Lund nickte betreten.

»Die Beweismittel, die wir in seinem Zimmer gefunden haben, lassen darauf schließen, dass er unsere Familie schon seit langer Zeit beobachtete. Er wollte seinen Vater aus dem Gefängnis freipressen. Einen Schurken, den mein Mann und ich vor zwei Jahren verhaftet hatten. Irgendwie ein armer Kerl, denn stattdessen wird es jetzt eine Familienzusammenführung hinter schwedischen Gardinen geben.«

So leise, wie sie gekommen war, verschwand Frau Lund auch wieder.

Dann legte sich Stille über den Abend.

Noch waren die Mitschüler, die vom Turnier ausgeschlossen wurden, nicht zurückgekehrt.

Marlene verbrachte die Nacht im Krankenzimmer, denn das stundenlange Geschaukel auf dem Schiff hatte ihr eine richtige Seekrankheit beschert. Als Trudy sie kurz besuchte, lag sie wie ein Häufchen Elend im Bett.

»Ach, Trudy«, jammerte sie. Tränen rannen ihre Wangen herab und versickerten in ihrem Wuschelhaar. »Ich war ja so dumm.«

»Kein Einspruch«, gab Trudy schief grinsend zurück.

»Was hätte ich denn tun sollen? Ich hatte eine Nachricht bekommen, dass dieser Kerl meine Mutter in seiner Gewalt hat.« Marlene tastete nach ihrem Taschentuch und schnäuzte sich ausgiebig. »Und als ich Mama nicht erreichen konnte, wollte ich sie befreien. Es passte alles so gut zusammen. Verstehst du?«

»Ja, Dummerchen«, flüsterte Trudy und war froh, dass Marlene einen wirklich guten Grund für ihr Handeln hatte. »Aber eines musst du mir versprechen.«

»Was immer du willst.« Marlene nickte zerknirscht.

»Darauf komme ich zurück.« Trudy grinste breit. »Fürs Erste reicht es mir aber, wenn du mir versprichst, mich das nächste Mal mitzunehmen, wenn du wieder jemanden befreien willst.«

Es war kurz nach acht am nächsten Morgen. Trudy schlurfte lustlos den Flur entlang. Am Schwarzen Brett hing eine neue Info:

Versammlung

Freitagmorgen um 10:00 Uhr

auf dem Schlossplatz

Alle Schüler haben in Schuluniform zu erscheinen.

Das Sprechverbot ist ab sofort aufgehoben.

»… und dann gab ich diesen Satz ein. Ihr könnt euch mein Herzklopfen gar nicht vorstellen, als es summte und die Tür sich öffnete. Ich kann es noch immer nicht glauben, dass ich gewonnen habe.«

Trudy meinte, ihr Herz müsse stehen bleiben, als sie Violetta im Speisesaal prahlen hörte.

Sie wollte schon umdrehen und sich ohne Frühstück wieder verdrücken, doch dann beschloss sie, dass das feige wäre. So ging sie mutig in den Frühstücksraum, nahm sich mit zittrigen Händen eine Müslischale und schaufelte ordentlich Haferflocken, Obst und Joghurt hinein.

»Jedenfalls habe ich gewonnen und ihr könnt stolz auf mich sein«, posaunte Violetta nach einer kurzen Schrecksekunde weiter. Sie war tatsächlich ein wenig rot geworden, als sie Trudy gesehen hatte. »Der Pokal bleibt hier! In der Sherlock-Holmes-Academy. Gut, es wird mein Name dort eingraviert, aber eigentlich gehört der Sieg uns allen.«

Einundzwanzig … zweiundzwanzig … dreiundzwanzig, zählte Trudy in Gedanken, um nicht vor Wut zu platzen.

»Also mich würde ja mal interessieren, wie du das feras facis herausbekommen hast«, sagte ein Junge aus der Dritten, der Violetta anhimmelte, als wäre sie ein Popstar.

»Ja, mich auch«, sagte Trudy zustimmend und stellte sich, einen Arm in die Hüfte gestemmt, dazu. »Nun los, zier dich nicht so, Violetta. Das Turnier ist vorbei, du hast gewonnen und willst ja wohl nicht egoistisch alles für dich behalten.«

»Ich, ich …«, stammelte Violetta, die unter den Blicken der Beifall klatschenden oder nickenden Mitschüler Schritt um Schritt zurückwich.

»Nun zier dich doch nicht so«, sagte Marlene, die soeben in den Speisesaal gekommen war und gleich kapierte, was gerade Sache war.

Sie stellte sich grinsend neben ihre Freundin Trudy. »Wir könnten sonst womöglich noch auf die Idee kommen, dass du die Lösung gar nicht selbst herausgefunden hast.«

»Einen Teufel werd ich tun!«, rief Violetta mit hochrotem Kopf, und dann blieb ihr nur noch die Flucht.

»Und die Moral von der Geschicht?«, fragte Marlene in die Runde. »Mit fremden Federn schmückt man sich nicht.«

Wenn zwei sich streiten, freuen sich drei

Als Trudy und Marlene um kurz vor zehn aus dem Hauptportal traten, herrschte ein Getümmel auf dem Rasen wie am vergangenen Sonntagabend, als die Highlandgames eröffnet worden waren.

Violetta wartete in der ersten Reihe. Vermutlich war sie die Erste auf dem Versammlungsplatz gewesen. Neben ihr standen sogar ihre extra angereisten Eltern, die vor Stolz beinahe platzten.

»Trudy, auf ein Wort bitte«, sagte Frau Korn, die auf dem Treppenabsatz stand und offensichtlich auf Trudy Taff gewartet hatte.

Trudy folgte ihr zurück in die Eingangshalle und weiter in Victors Büro.

Dort stand er, mitten auf dem Tisch, der Pokal, der gleich an Violetta übergeben werden würde.

Isolde Korn schloss die Tür und lächelte Trudy an. »Ich möchte dir sagen, dass ich stolz auf dich bin, Trudy Taff. Du hättest diesen Pokal mehr als verdient. Doch ich habe bei der Jury leider gegen Wände gesprochen. Es stand eben nicht in den Statuten, dass man nur dann den Lösungscode eingeben sollte, wenn man ihn auch selbst herausgefunden hat. Somit hat Violetta nicht gegen die Turnierregeln verstoßen und wird gleich den Sieg zugesprochen bekommen.«

Frau Korn seufzte und fuhr mit dem Finger über den frisch eingravierten Namen auf dem Pokal, als wolle sie ihn auswischen. »Was ich dir aber dennoch sagen möchte, ist einfach nur, dass du für mich die wahre Siegerin bist. Du hast meine ganze Hochachtung für das, was du erreicht hast. Auch wenn das den Turniersieg nicht aufwiegen kann.«

Mist, dachte Trudy, als sie bemerkte, dass sie bei Frau Korns Lob puterrot wurde.

Sie waren alle gekommen. Herr und Frau Lund, Tante Rita, der Chefinspektor Johnson, der Bankangestellte, ja sogar die Bäckereiverkäuferin. Als Herr Berwick mit seiner Ansprache begann, quetschte Trudy sich noch immer durch die Menge zu Marlene hindurch.

»Hey, Trudy!« Jemand hielt sie am Ärmel zurück.

»Oscar!«, rief Trudy überrascht und ärgerte sich, dass sie rot wurde. Ein bisschen, weil alle Umstehenden sie neugierig anblickten und sich vermutlich fragten, was eine Academy-Schülerin und ein I.O.S.ler miteinander zu tun haben konnten. Aber hauptsächlich war sie verlegen vor Freude. Warum auch immer, sie war ganz einfach glücklich, wenn sie Oscar sah.

»Trudy, ich hab gehört, was passiert ist.« Oscar schaute sie bedauernd an.

»Was meinst du?«, fragte Trudy.

»Marlene hat uns alles erzählt« Oscar zeigte auf den neben ihm stehenden Joe, der heftig nickte. »Wirklich alles, Trudy. Hut ab. Das Rätsel zu knacken und nebenbei noch einen echten Verbrecher zu fangen …«

»Oooch, das!« Trudy winkte verlegen ab und tauchte schnell in der Menge unter. Ihr Gesicht glühte vor Hitze, so sehr freute sie sich über das Kompliment von Oscar. Ja, sie fühlte sich versöhnt mit der Welt. Sollte Violetta ruhig das Turnier gewinnen, sie hatte etwas Besseres. Etwas viel, viel Besseres.

»Kommen wir nun also zum Höhepunkt der diesjährigen ›Highlandgames der Jungspione‹!«, rief gerade Herr Berwick so laut ins Mikrofon, dass es ohrenbetäubend pfiff. »Bevor ich den Gewinner dieses Turniers bekannt geben darf, danke ich allen, die am Gelingen der Wettkämpfe ihren Anteil hatten. Frau Korn von der Sherlock-Holmes-Academy …«

Ein lauter Beifallsturm unterbrach Herrn Berwick.

»… dem Chefinspektor Johnson und der hiesigen

Polizei … Frau Taff … den Mitarbeitern der VI-Bank of Scotland … und natürlich den Officers von Scotland Yard.«

Nach jedem Namen wurde Herr Berwick unterbrochen, weil der Applaus immer wieder aufloderte.

»Kommen wir nun also zur Bekanntgabe des Gewinners und zur Pokalübergabe. Ich bitte Frau Isolde Korn und Violetta Wunda zu mir.«

Trudy und Marlene reckten den Hals, um von ihrem Platz recht weit hinten etwas sehen zu können.

»Gestern Nachmittag, exakt um 14:37 Uhr, war es so weit«, erzählte Herr Berwick mit feierlicher Stimme. »In unserer Zentrale ging die Meldung ein, dass jemand den richtigen Lösungscode eingegeben und damit das Turnier gewonnen hat. Liebe Violetta …«

Herr Berwick drehte sich zu Violetta um, die aber erst noch ihren Eltern zuwinken musste.

»Liebe Violetta«, begann er deshalb also noch einmal von vorn, »du hast den richtigen Lösungscode eingetippt und bist daher die diesjährige Siegerin unserer Highlandgames der Jungspione. Herzlichen Glückwunsch!«

Wie auf Kommando kam Frau Waverly genau in diesem Moment durch das Portal und überreichte Violetta den riesigen goldglänzenden Pokal.

Violetta nahm die Trophäe entgegen und streckte sie hoch in die Luft. Bei diesem Anblick durchzuckte Trudy dann doch ein Stich. Die Menge klatschte und johlte und Violetta badete im Beifallsturm.

»Äh, ja. Danke, Violetta!«, rief Herr Berwick irgendwann ins Mikrofon, weil diese überhaupt nicht genug davon bekam, sich feiern zu lassen. Erst als Frau Waverly ihr beinahe unsanft den Pokal aus den Händen zerren musste, konnte Herr Berwick mit seiner Rede fortfahren.

»Liebe Frau Korn«, sprach Herr Berwick die Schulleiterin der Sherlock-Holmes-Academy nun an. »Auch wenn uns Juroren manchmal die Hände gebunden sind und wir uns an gewisse Regeln und Statuten halten müssen, wir sind doch in erster Linie auch nur Menschen. Als Sie uns gestern von dem echten Kriminalfall berichteten, der sich in den letzten Tagen hier ereignet hat …«

Plötzlich redeten alle wild durcheinander, sodass Herr Berwick eine kurze Pause einlegen musste.

»Der langen Rede kurzer Sinn, Frau Korn: Rufen Sie die Schülerin bitte nach vorne.« Damit hielt er der verblüfften Schulleiterin das Mikrofon unter die Nase.

»Trudy! Trudy Taff!«, schallte Frau Korns Stimme durch den Schlossgarten.

Trudy aber stand wie angewurzelt da. Das musste ein Traum sein.

»Nun geh endlich!« Marlene schubste sie an und die Menge begann zu rufen: »Trudy! Trudy!«

Es dauerte ein Weilchen, bis Trudy sich nach vorn zu Frau Korn durchgequetscht hatte.

»Es fiel uns schwer zu glauben, was sich hier in den vergangenen Tagen abgespielt hat. Aber ich kann Ihnen versichern, wir haben den Fall überprüfen lassen. Diese junge Dame hier hat das Turnier Turnier sein lassen, um ihre Freundin aus den Händen eines Entführers zu befreien«, sagte Herr Berwick anerkennend und reckte Trudys Arm in die Höhe, als hätte sie soeben einen Boxkampf gewonnen.

Die Menge johlte, klatschte, tobte.

»Aus diesem Grund hat Scotland Yard Folgendes entschieden: Es wird in diesem Jahr nicht ein Praktikumsplatz vergeben, und auch nicht zwei, sondern gleich drei. Eine Einladung ist für dich, Violetta. Selbstverständlich.«

Herr Berwick überreichte Violetta einen großen Briefumschlag.

»Die anderen beiden, liebe Trudy Taff, lege ich in deine Hände. Scotland Yard schreibt dazu …« Herr Berwick ließ sich von Frau Waverly ein Blatt Papier geben. »Wir warten gespannt darauf, diese begabte Jungkriminalistin persönlich kennenzulernen. Und wer sich so selbstlos für seine Freundin eingesetzt hat, der soll natürlich nicht ohne sie bei uns erscheinen.«

»Juppi-duppi-du!«, kreischte Marlene von ganz weit hinten. Sie hatte lange vor Trudy begriffen, was das bedeutete.

Dann, ganz langsam, erfasste auch Trudy die Bedeutung dieser Botschaft.

»Danke sehr!«, grölte sie ins Mikrofon. Dann winkte sie mit den beiden Briefumschlägen Marlene in der Ferne zu. »Scotland Yard, wir kommen!«

Ravensburger Bücher

Maxie ist einfach nur cool!

Usch Luhn

Maxie und ein Fisch mit Fernweh

Familie Pfeffer zieht einfach in die Villa ein, in der Maxies Mutter eine Tierklinik eröffnen wollte. Für Maxie ist klar: Die Pfeffers müssen vergrault werden. Ihre außergewöhnlichen Komplizen: eine rappende Krähe, ein papierfressender Esel und Sibirische Springmäuse ...

ISBN 978-3-473-**52507**-2

www.ravensburger.de

Ravensburger

RTB_14_014

ISBN 978-3-473-**52520**-1